中公文庫

剣神　炎を斬る

神夢想流林崎甚助２

岩室　忍

中央公論新社

目次

一章　初恋の人　9
二章　神々の舞　114
三章　秘剣　235

主要登場人物

林崎甚助源重信　幼名、浅野民治丸。素戔嗚尊に神夢想流居合を授かり、父の仇討を果たす。
志我井　重信の母。
小兵衛　浅野家の小者。仇討にも同行した。
深雪　豪農・菊池半左衛門の孫娘。重信の許嫁。
藤原義貫　熊野明神の祠官。
藤原義祐　義貫の息子。
楯岡因幡守満英　楯岡城城主。
岩崎惣兵衛　楯岡城の筆頭家老。
東根刑部太夫　楯岡城の剣術師範。
氏家左近　因幡守の近習。東根道場の四天王の一人。
寺山又五郎　厩衆。家中一の使い手で、重信の仇討に同行した。
南条又右衛門　廻国修行中の浪人。塚原土佐守の弟子。
覚浄坊・蓮覚坊・蒼覚坊　修験者。重信に弟子入り。
最上義光　最上家当主の嫡男。
氏家守棟　氏家左近の甥で、最上義光の家臣。
森栄左衛門　米沢城下の郷士。道場を構える。
薫　栄左衛門の孫娘。
小川弥左衛門　栄左衛門の弟。若松赤井村で道場を構える。
大木三郎　弥左衛門の道場弟子。
塚原土佐守卜伝　鹿島新当流を開いた剣聖。
北畠具教　剣聖・塚原卜伝から一之太刀を伝授された剣豪大名。
吉岡憲法直元　吉岡流を開いた剣豪。

上泉伊勢守信綱　新陰流を開いた剣豪。
疋田景兼　上泉の甥で、新陰流の高弟。
柳生石舟斎宗厳　柳生新陰流を開いた剣豪。
宝蔵院覚禅坊胤栄　宝蔵院院主。十文字鎌槍を考案した。
阿修羅坊胤鹿　宝蔵院で修行する大坊主。
丸目蔵人佐長恵　上泉伊勢守の高弟。
東下野守元治　下総・香取東庄の剣客。
田宮平兵衛重正　元治の弟子。
長野十郎左衛門業真　箕輪城主・長野業正の一族。
北条氏政　北条家当主。
松田憲秀　氏政の家臣。
風間出羽守　風魔小太郎。北条家に仕える忍び・風魔の頭領。
風魔幻海　風魔の一人。鎖分銅を使う。
大野将監　将監鞍馬流を開いた剣客。

富田五郎左衛門　勢源入道。一乗谷城下に道場を開く盲目の剣豪。
戸田一刀斎　後の鐘捲自斎。富田道場の高弟。
津田小次郎　富田道場の門弟。
新免無二斎　黒田官兵衛の家臣。当理流を開いた剣客。
高松良庵　重信の叔父。武蔵一ノ宮の社家。
蜻蛉　岩国から九州に渡る船で出会った少年。
阿国　出雲の巫女神楽で舞う巫女。
中村三右衛門　阿国の父で、出雲大社の鍛冶方。
斎藤金平忠秀　伝鬼坊。塚原卜伝の弟子。
勧修寺尹豊　紹可入道。天皇の信任厚い「化け物公家」。

剣神　炎を斬る

神夢想流林崎甚助2

一章　初恋の人

帰郷

勧修寺《かじゅうじ》家から三条大路まで戻ってきた重信《しげのぶ》は、勢いよく辻を東に曲がると三条大橋に走った。一年の仇討《かたきうち》の旅だが、何年も京にいたような気がする。

「出羽に戻れる……」

坂上主膳《さかがみしゅぜん》を討ち果たして本懐を遂げたが、初めて人を斬った気持ちは、父の仇であってもどこか重苦しく淀んでいる。だが、十数年に及ぶ辛い気持ちが払拭されたのも事実だ。

これを乗り越えないと前に進めないと思ってきた。

「これで区切りがついた」

重信は三条大橋から、山科を通って大津に向かって走り抜けた。

追って来る者はいない。大津から瀬田の唐橋まで一里十町ほどを、湖の美しい景色を見ながら歩いた。

周囲の山々も湖岸も雪で真っ白になっている。湖北の伊吹山も湖西の比叡山も白く雪空に溶け込んでいた。

昔、琵琶湖は近淡海《ちかつおうみ》と言い近江の名のもとになった。一方、遠淡海《とおつおうみ》が遠江の名のもとになった。浜名湖である。

琵琶湖は鳰海《におのうみ》と和歌に詠われた。

この巨大な湖には大小百以上の川が流れ込んでいるが、流れ出る川はただ一つ瀬田川だけである。

瀬田川は京に入ると宇治川と名を変える。さらに南に流れ桂川と木津川と合流すると淀川と名を変え、二十里を流れて海に至る。

その瀬田川に架かる橋が三名橋の一つといわれる唐橋だ。古くから瀬田の夕景の美しさは多くの人に愛されてきた。

「瀬田の唐橋を制する者は天下を制す」とまで言われてきた。

東海道と中山道、北陸道を押さえ、京を護る重要な橋で、古くは丸木舟を並べて蔓でからめて橋にした。その橋を人々はからめ橋とか搦橋《からはし》と呼んだ。

その搦橋がから橋になり唐橋になった。

重信が瀬田の唐橋まで来ると、寺山又五郎《てらやまたごろう》と小兵衛《こへえ》が橋の上から、湖の雪景色を見ている。

「待たせました？」

二人に声をかけた。

「若殿……」

「おう、わしらも今さっき、ここへ来たばかりだが、大きくて何《な》んとも言えぬ美しい湖だ」

「北風が強くなって波立ってきました」

「雪になりそうだから、今日は草津まで？」

寒そうな小兵衛を見て又五郎がそう言った。草津宿は京から六里半ほどで、東海道と中山道の追分という交通の要衝にある。

伊勢参りにも行く道で、応仁の乱以前から整備された古い宿場だ。

「そうしましょう」

「明日は東海道で？」

「その方がいいでしょう」

三人は帰りも東海道にすることを決め、少し早いが草津の旅籠に入ることにして道を急いだ。

湖東の道は湖を渡ってくる風が容赦なくぶつかってくる。

街道を歩きながら、景色や宿場の名物の話はするが、坂上主膳との果たし合いのことは沈黙している。もう終わってしまったことだ。

その頃、吉岡直元《よしおかなおもと》が勧修寺尹豊《ただとよ》を訪ねていた。

「大納言さま、あの浅野甚助《あさのじんすけ》が使う神夢想流《しんむそうりゅう》居合とは、かつて見たことのない凄まじい斬撃でした。あの剣法は間違いなく天下に広まるでしょう」

「ほう、ずいぶんな褒めようだが、見に行かれたのかな？」

「少々気になりまして、息子と少し離れて見ておりました。実に美しい剣で、あの若さでは考えられない静かな良い佇まいでした」

直元は驚きを隠さなかった。

「あの大太刀を一瞬で抜く、気品のある太刀筋でした」

「実は、北畠《きたばたけ》中納言がこの庭で立ち合い、同じようなことを言っておったのよ」

「北畠具教《とものり》さまが立ち合われましたか、それでどのように？」

「左胸から脇の下へ……」

「踏み込んだ瞬間にですか？」

「さよう……」

「北畠さまが脇の下に入られましたか？」

公家大名の北畠具教がどんな剣を使うか、その腕がどれほどか、塚原土佐守《つかはらとさのかみ》から将軍義輝《よしてる》と一緒に一之太刀《ひとつのたち》を伝授されたことも直元は知っている。

「一之太刀は？」

「そんな余裕はない。一瞬だったわ」

坂上主膳より北畠具教の方が腕は上だ。

「なるほど、一雲斎《いちうんさい》が勝てる相手ではなかったようですな？」

直元が苦笑した。

「あのような剣士が現れるとは、やはり乱世ゆえに？」

「さよう、時代が大きく動く時だから天才が現れる」

「乱世が終わると？」

「お上はそうお望みじゃ……」

二人は酒を飲みながら一刻半も剣術談義をした。

「あの者はいずれ上洛してくる。その時は二代目にもよしなに……」

「承知いたしました」

「今朝のことはくれぐれも内密に頼みます」

「はい、承知いたしました」

「あの者には静かに修行をさせてやりたいと思っている」

「まだ、若いですからその方がよいかと思います」

「うむ、大成させてやりたいものだ」

酒を飲みながら二人の老人の合意で、重信と主膳の産寧坂《さんねいざか》の決闘は秘密にされ、世に知られることはなかった。

尹豊は仇討に協力した吉岡道場の名誉を守ったのだ。

直元も尹豊の気遣いを理解し感謝している。

湖東から鈴鹿の山を越えて、伊勢に入った三人が行く東海道にはもう春の息吹が感じられた。

伊勢から尾張、三河、遠江、駿河と、海からの風が微かに暖かく、雪の京や近江とは別世界だ。

東海道には箱根峠という難所があるが、遠江にもう一つの難所があった。東海道の三難所と言われる小夜《さよ》の中山峠だ。

日坂《にっさか》宿と金谷宿との間にある峠で、赤ん坊の泣き声が聞こえるという夜泣き石があって不気味だ。

みな怖がって、夜にこの峠を越える者はいない。

この頃、尾張の織田信長《おだのぶなが》に、上洛しようとした今川義元《いまがわよしもと》が殺され、義元の領地だった遠江は極めて不安定になっていた。

三河には今川家に人質になっていた松平元康《まつだいらもとやす》、後の家康《いえやす》が戻って来て岡崎城に入り、信長と同盟しようとしていた。

義元の後継者今川氏真《うじざね》には大きな領土を守り切る力量はなかった。

この後、西の家康、北の武田信玄《たけだしんげん》、東の北条氏政《ほうじょううじまさ》に包囲され、氏真は京へ逃亡することになる。

そんな不安が遠江には広がっていた。

心なしか道行く旅人も多いように感じられる。

早く出羽に戻るため、混乱に巻き込まれたくない三人は、今川の領土である遠江と駿河を急いで通過した。

ところが運の悪い時というのはあるもので、箱根峠にさしかかると、京へ向かう時と同じようにまたまた野盗に取り囲まれた。

明らかに、桶狭間で信長にやられた今川の残党のような身なりだ。大きな戦いが終わるとこういう野盗が急に多くなる。

着物は襤褸《ぼろ》だが持っている槍や太刀や薙刀はどれも立派だ。

「おい、旅の人よ。箱根八里をただで通るという話はあるまいが、何がしかの銭を置いて行くのが礼儀というものだろう！」

なかなか立派な口上だが、野盗は野盗、山賊は山賊だ。こういう交渉事は又五郎が得意とするところだ。

「おぬしが頭《かしら》か？」

「おう、そうだが！」

「そうか。ものは相談だがな……」

又五郎が親し気に野盗の頭に近付いた。頭が二歩、三歩と下がる。

「われら三人はこれから出羽に帰るのだが、京に一年ほど逗留してな、出羽までの路銀が足りなくなりそうだ。この寒さで野宿もできぬ。どうだろう頭、賭け勝負をしないか？」

「何んだと？」

「それがしが五人倒したら銀一枚というのはどうだ。そっちは二十人ほどいるから、全部倒せば銀四枚だ。出羽までの路銀に充分だ。やろう、賭け勝負を！」

「それで、おぬしは賭ける銀を持っているのか？」

「ない。だから必ず勝つ！」

無茶苦茶な相談だ。どっちが野盗か強盗かわからない話だ。

「馬鹿を言うな！」

野盗の頭が怒った。

「頼むよ。五人でいい。酒代の銀一枚でいいから。ここから北に行けば雪で寒くなる。

頼むよ頭、強いのを五人出してくれ！」

「やる奴いるか？」

頭が聞いても知らん顔で誰も応じない。又五郎が強そうだと分かったのだ。

「そなたらは、持っている武器でいい。それがしは木刀だ。手加減もするからやろう」

「頭、こんな馬鹿とやって怪我でもしたら大損だぜ、嫌なこった！」

「馬鹿とは何だッ、馬鹿とはッ！」

又五郎が若い野盗に食ってかかった。

「こんな奴を相手にしても仕方あるまい。引き上げようぜ頭……」

「おのれッ、呼び止めておいて逃げる気かッ、卑怯者ッ！」

「ケッ、馬鹿々々しいわい」

「こ奴らは文無しだ。相手にするな」

「頭ッ、絶対こんな奴を相手にするなよ！」

これは又五郎の駆け引きのようだが、実際のところ、三人の路銀が尽きようとしていたのだ。出羽までもたせるには辛い節約になる。

「おいッ、銀一枚でいいんだ。ちょっとした賭け勝負だ。やろう」

「しつこいな」

又五郎が誘えば誘うほど、一人二人と戻って行く。野盗から銀を取り上げようというのだから、盗賊でなくてもあきれ返る話だ。

「馬鹿野郎ッ、意気地なしめッ！」

大声で又五郎が罵る。

「頭、おぬし一人でいい。それがしを助けると思って、やろうよ」

「お武家、この仕事をはじめて、おぬしのような男は初めてだ。気をつけて出羽まで帰れや……」

気の毒そうな顔で頭まで戻ろうとする。それを又五郎が引き止める。

「おぬし、嘘だと思っているだろ？」

「いや、そうは思っていない。またな……」

野盗の頭が振り向きざまニッと笑って逃げ出した。

「くそッ、小田原で酒を飲めると思ったのだが、惜しいことをした」

照れ笑いを浮かべたが、又五郎は因幡守《いなばのかみ》に上洛を命じられ、楯岡《たておか》城下を発ってからというもの一年以上、全く酒を飲んでいない。

重信が飲まないのだから、こっそり飲むわけにもいかない。

「寺山さま、やってしまえばよかったのに？」

懐具合の苦しいことを知っている小兵衛が強気にいう。

「いや、それでは本当の強盗になるではないか……」

「あッ、すみません」

小兵衛がまずいという顔で又五郎に謝罪する。

「小田原で一献やりましょう」

重信が誘った。

「いや、楯岡に戻って飲む酒が一番うまい。しみったれた盗賊めが……」

しみったれているのは自分だと、分かっていて言うのだから又五郎も辛い。三人は急いで箱根峠を越えた。

三人が出羽に入った時、遅すぎる春の雪が降っていた。

乱取備前

雪の楯岡城下に戻ってきた重信と又五郎は、旅装を解かずにそのまま登城した。

小兵衛が浅野屋敷に戻って志我井《しがのい》に京での顚末を話している頃、重信と又五郎は楯岡城の大広間にいた。

重信の帰郷を聞きつけて、重臣たち始め多くの家臣が集まってきた。

因幡守は珍しいことに奥方の千谷《ちや》の方を連れて主座に現れた。千谷の方は美男子の重信をお気に入りなのだ。

筆頭家老奥山弥左衛門《おくやまやざえもん》が亡くなり、次席家老岩崎惣兵衛《いわさきそうべえ》が筆頭に昇格して、倉田治右衛門《くらたじえもん》が次席家老についている。

高木兵馬《たかぎひょうま》、横山監物《よこやまけんもつ》、青木玄蕃《あおきげんば》、松本掃部《まつもとかもん》、西村隼人正《にしむらはやとのしょう》などの重臣たちが居並び、大広間は重々しい雰囲気になっている。

重信が生きて戻ったということで誰もが明るい顔だ。

近習の氏家左近《うじいえさこん》、馬廻りの大石孫三郎《おおいしまごさぶろう》、鷹匠の柏倉宗兵衛《かしわぐらそうべえ》、足軽大将で小柄小太りの阿部五郎八《あべごろはち》が息を切らして登城。

大慌てで重信の伯父高森伝左衛門《たかもりでんざえもん》、暴れん坊の高尾喜平次《たかおきへいじ》、珍しく剣術師範の東根刑部太夫《ひがしねぎょうぶだゆう》も登城している。

「甚助と又五郎、顔を上げろ、首尾よくいったのだな？」

「はい、殿さまのお陰にて、さる二月一日早暁、京の東山清水寺の参道、産寧坂において父の仇、坂上主膳を討ち果たしましてございます」

「おう！」

広間に歓声が上がった。

「よし、よくやった。大儀！」

「殿、恐れながら、お預かりいたしました陣羽織をお返し申し上げます。当日、着用して戦いに臨みましてございます」

「そうか、着て行ったか。又五郎も大儀であったな」

「ははッ、恐れ入りまする」

「甚助、そなた、怪我はしておるまいな？」

千谷の方が聞いた。

「お陰さまにて、無事にございます」

「それは重畳《ちょうじょう》じゃ。ご苦労でしたな……」

千谷の方が安心したようにニッコリと微笑んで広間の緊張が和らいだ。

「奥方さまより賜りました殿さまの小袖は有り難く拝領仕りまする」

千谷の方の優しい気持ちと一緒に、重信は因幡守の小袖を貰うことにした。

五三の桐紋が縫い込まれた陣羽織は、楯岡家代々の大将の陣羽織であるため貰うことはできない。

重信は因幡守から一献、祝酒を頂戴し家臣団の前で面目を施した。

城から下がった重信は、屋敷に戻らず熊野明神に走って行った。祠官の藤原義貫《ふじわらよしおき》は噂を聞いて重信が現れるのを待っていた。

「おう、来たな！」

「宮司さま、参籠《さんろう》をお願いしたいのですが？」

「うむ、神さまもお待ちじゃ。無事のご帰還をお知らせすることだ。まずは拝殿に上がりなされ……」

義貫も重信の顔を見てうれしいのだ。重信を神の前に招き入れた。

「この大太刀を奉納したいのですが？」

「そうか、戦いに使われたのだな？」

「はい、坂上主膳を斬りましてございます」

「うむ、神さまにお預けするのもよいことだ。数馬《かずま》殿もよろこばれよう」

義貫が納得して初代信国三尺二寸三分を、重信から受け取って神にお供えしお祓いをした。

「三十三日参籠でよろしいか？」

「はい、お願いいたします」

母にも深雪《みゆき》にも孫助《まごすけ》にもお民《たみ》にも会いたい。だが、何よりも先にしなければならないのは神への報告だ。

重信は神と共に戦う神の剣士なのだ。

初代信国を奉納すると、そのまま神と寝食を共にする参籠に入った。

その夜、拝殿の前に菊池《きくち》半左衛門《はんざえもん》と深雪が現れた。

だが、すでに参籠に入った重信に会えるのは祠官の藤原義貫だけで、誰も会うことはできない。

「甚助殿はお礼の参籠に入られた。辛いだろうが静かに見守ることしかできぬ」

「はい、分かっています」

「無事に戻られたのだから、まずは一安心だな？」

「はい、我慢します」

気丈な深雪は二十三歳になった。十四、五で嫁ぐ者が多いので、二十三歳の深雪はもう大年増ということになる。

婚儀はしていないが深雪は姉さん女房のつもりだ。

重信の母志我井と深雪の祖父半左衛門が認めた幼馴染の許嫁《いいなずけ》だ。その深雪は毎日、熊野明神の境内に現れた。

重信の三十三日参籠は神に仇討の仕儀を報告し、感謝する意味もあったが、それより重要なのは神夢想流居合を今後どうするかということだ。

仇討成就のためだけにスサノオが重信に授けたとは考えられない。

重信は神と寝食を共にしてその答えを得ようとしていた。

五日が十日になり、十五日になり徐々に食を断ち、重信はわずかな粥と水だけで生きていた。

感覚が研ぎ澄まされ、神の意志を感得しようと、死と現《うつつ》の狭間の中に入っていくのだ。

雪の季節が過ぎる。

重信の五体にも春の息吹が入り込んでくる。静寂の中で重信はスサノオの出現を待ったが現れなかった。

満願の夜、重信は腰に二字国俊《にじくにとし》を差し、拝殿を出ると杖を握って境内に下りた。

痩せて力尽きた神の剣士は、何かを求めるようにゆっくり一歩一歩参道に出て、石《いし》城嶽《きだけ》の奥の院に行こうと歩き出した。

月明りの中に眼光鋭く幽鬼のような姿だ。

大旦川《おおだんがわ》沿いに山へ向かった。

甑岳《こしきだけ》の麓から雪の融けた山道を登って奥の院に向かう。

途中で二度転び泥だらけになりながら頂上に登り、谷川へ転げ落ちるように奥の院に辿り着いた。

広場に這い上って行くと岩窟の中の祠の前にうずくまった。

息が切れてしばらく動けない。

その息を整えると岩窟を出て、広場に立つと満天の星空の空気を深く吸い、二字国俊の鞘口を切って柄を握り、ゆっくり抜いた。

久しぶりの山々の霊気を上段から斬り下げ、横一文字に斬り裂いて間髪を容れずに突きを入れた。それを何度も繰り返すと息が乱れてくる。

重信はゆっくり二字国俊を鞘に納めた。スサノオに伝授された神夢想流居合の基本の型だ。

この神から授かった居合抜刀術をどうするか、重信は本懐を遂げたからこそ次へ進む道を探そうとしている。

巨岩の段に積もった枯葉の上に半跏趺坐《はんかふざ》し法界定印《ほっかいじょういん》を結んだ。

只管打坐《しかんたざ》、心静かに冷気を吸って随息観《ずいそくかん》に沈んでいった。刻が止まる。風の音が遠ざかっていくと無だ。

「菩提無く、煩悩無く、身も心も無く、本来無一物《ほんらいむいちもつ》、一切が空、絶対無……」

禅僧の言葉が聞こえる。一剣を以て大悟できるか。

「無一物中無尽蔵《むいちもつちゅうむじんぞう》」

神と共に生きる重信の心は広く、広く、遠い精神の世界へ向かおうと、静寂の中に今はただ佇んでいる。

その頃、重信が拝殿から消えたことに気付いた義貫は、息子の義祐《よしすけ》を連れて奥の院に急いでいた。

三十三日参籠でも常人にできるものではない。

強靭な肉体と精神が辛うじて重信を支えていたのだ。放置すれば死んでしまう。二人は大旦川沿いに石城嶽に向かった。奥の院に着いた時、重信は谷川の傍に転げ落ちて気を失っていた。

無意識のうちに水を飲もうとしたのだ。

「引き上げるぞ」

「はいッ！」

二人は重信を広場に引き上げると火を焚き、用意してきた鍋で薄粥を煮た。体を温め、薄粥で唇を濡らし、意識を回復させる。

夜が明けて三十三日参籠が終わった。

「宮司さま……」

「おう、気が付かれたようだな。神さまとお会いになられましたかな？」

重信が首を振った。

「そうですか、会えなかったか？」

義貫は荒ぶるスサノオが重信の命を所望なのではと思った。本懐を遂げ、使命を果たせば、神はその命を奪おうとするのではないかと思ったのだ。

神の配剤は人知の及ぶところではない。

三人は二晩、岩窟の中で過ごした。若い重信の肉体は薄粥でも、たちまち体力を回復する。

重信は神と会えず林崎熊野明神に戻り屋敷に帰った。

既に小兵衛が帰っているが、痩せて髭が伸び放題の重信を、お民と小梅《こうめ》が泣きながら迎えた。

「遅くなりました。ただいま戻りましてございます」

「ご苦労さまです。小兵衛から全て聞きました」

「殿を始め、多くの方々にご支援をいただきました。感謝しております」

「そうですね」

志我井が小さくうなずいた。

傍に座っている深雪は痩せた重信を見て驚いている。

その数日後、重信に使いが来て登城することになった。

早朝、上洛する前のように重信は熊野明神に行き、祥雲寺《しょううんじ》で座禅をしてから指定の刻限までに登城した。

本丸の大玄関に氏家左近が迎えに出ていた。

「浅野殿、例の数馬殿の大太刀を、林崎熊野明神に奉納したと聞いたが誠か？」

「はい、確かに奉納いたしましたが……」

「そうか、相分かった。殿は広間に出ておられる」

重信は左近の後について広間に入った。

まだ、重臣たちは登城しておらず、因幡守は近習を相手に話をしていた。

「来たか、そこでは遠い、近《ち》こう寄れ」

因幡守は手招きして傍に呼び扇子で座を指した。

重信が主座の近くまで進んで座ると、玄関で左近に聞かれたことを、因幡守にも同じように聞かれた。

「はい、初代信国三尺二寸三分は本懐を遂げさせていただきましたので、熊野明神さまに奉納させていただきました」

「なるほど、ならばそなたに使ってもらいたい豪刀がある。左近！」

呼ばれた氏家左近が一振りの太刀を持ってくると重信の前に置いた。

梨子地漆《なしじうるし》の美しい鞘で金の粉が光っている。透かし彫りの鍔《つば》ですぐにも使える拵えになっていた。

「少し重いが抜いてみろ……」

「はい！」

重信は太刀を手に取ると鞘口を切って、ゆっくり刀身を引き出し確かめながら鞘から出した。

因幡守が言うように戦場往来にはもってこいの豪刀だ。

太刀の地肌も乱れの刃文も美しい。

反りは強くなく、初代信国に似て神夢想流の居合抜刀には使いやすそうだ。

「どうだ。気に入ったか？」

「恐れながら、このような太刀はそれがしには勿体なく存じます」

「遠慮するな。無銘だが、備前ものと言われておる豪刀じゃ。そなたの腰にピッタリの良い太刀だ。三尺には少し足りないが二尺八寸三分ある。大太刀の代わりにそれを使え！」

「浅野殿！」

傍の左近が頂戴するよう促した。あまりに良い太刀で重信は躊躇する。

「甚助、遠慮は無用だぞ」

「浅野殿……」

「はい、有り難く、拝領仕りまする」

「うむ、余が勝手につけた名だが、乱取備前《らんどりびぜん》だ。そなたを守る太刀にせい！」

「大切にいたします」

乱取とは敵地に乱入して掠奪することを言う。

武芸者は無銘の太刀を好んで腰にした。

それは、いつどこで立ち合いになるか分からず、立ち合えば刃毀れなど太刀の損傷が激しいからだ。

銘の入った名刀は武芸者には勿体なく実戦には使いにくいのである。

名刀は戦いの後方にいて、太刀を抜くことのない大将の持つ刀で、実戦を常とする武芸者の太刀ではない。

無銘でも内容の良い太刀を探して腰にしている。

重信は大太刀初代信国とよく似た豪刀、乱取備前二尺八寸三分を腰にすることになった。大脇差二字国俊一尺八寸五分ともつり合いが取れる。

神の怒り

夏になって、重信が因幡守の近習として出仕することと、重信と結婚するために深雪が重臣横山監物の養女になり、一年間、横山監物の奥方の傍で、行儀見習いをすることが決まった。

深雪の生まれ育った菊池家は、城下一の豪農で千俵の年貢を納めると言っても、そこは百姓であり、武家に嫁ぐことになれば体裁を整える必要がある。

横山監物の養女になれば立派な武家の姫だ。

因幡守の重臣である横山監物は六十を超えているが、奥方と共に城中で最も教養高い人物と言われている。

ことに、奥方は才女で城下一の和歌の名手であり、源氏物語など古典を愛する賢夫人と言われていた。

横山家の養女は志我井が望み、深雪の祖父半左衛門が了承して決まったのだ。

秋口になって重信は近習として出仕、深雪は横山監物の養女になった。

そんな時、志我井が病を得て病臥した。

これまで、志我井が床に臥すことなどなかった。重信を産んだ時に数日横になっただけだ。

孫助、お民、小兵衛、小梅が献身的に看病した。

深雪が毎日のように見舞いに来る。

その頃、甲斐の虎と言われる武田信玄と、越後の龍と言われる上杉謙信《うえすぎけんしん》が、信濃北部の領有をめぐって激突した。

塚原土佐守の門弟とも言える信玄の軍師、山本勘助《やまもとかんすけ》が立案した啄木鳥《きつつき》という作戦を、上杉謙信が見事に見破った。

千曲川河畔の八幡原で、武田軍八千と上杉軍一万三千が激突した。

永禄四年（一五六一）九月十日のことだ。

霧に包まれた八幡原に布陣した信玄は別働隊一万二千を出し、妻女山《さいじょ》にいた上杉軍を急襲した。

ところが妻女山の陣地はもぬけの殻であった。

朝霧が晴れると妻女山にいるはずの上杉軍が眼の前にいる。上杉謙信が武田の作戦を見事に見破り、裏をかいたのである。

作戦を見破られた武田軍はたちまち大苦戦に陥った。

信玄が最も信頼し、後にこの人の死が、武田家の滅亡を早めたと言われる信玄の弟、典厩信繁《てんきゅうのぶしげ》が討死する。

作戦を見破られ、大失敗した山本勘助も責任を取るように、わずかな足軽と敵中に突撃して討死した。

それだけではなく、苦戦でがら空きになった信玄の本陣に上杉謙信が乱入、信玄と一騎打ちをして信玄に怪我を負わせた。

追い詰められた武田軍は、崩壊の危機に見舞われたが、幸運にも妻女山に向かった別動隊一万二千が急遽八幡原に駆け付ける。

後半は武田軍が挽回して何んとか大敗北だけは回避した。

作戦を立案し見破られた山本勘助は、今川義元の大軍師だった太原崇孚雪斎《たいげんそうふせっさい》の一族で、京八流《きょうはち》の使い手でもある。

塚原土佐守から新当流をも学んだ男だった。

この年十一月二十二日に上野箕輪《こうずけみのわ》城主長野業正《ながのなりまさ》が死去、六十三歳だった。

信玄と戦い何度も退けてきた勇将だが、嫡男業盛《なりもり》は十四歳と幼く信玄と戦う力はない。そこで、業正の死は秘密にされた。

「葬儀をする必要はない。敵の首を一つでも多く墓前に供えれば、それが供養だ！」

業正は息子にそう遺言する。

上野の国を狙う信玄は三ッ者《みつもの》や歩き巫女など、六百人を超える間者を抱えていて、決して敵の動きを見逃さない。

織田信長は信玄が情報収集に速いことから、足長坊主と渾名をつけて恐れていた。

秘密にされた業正の死をたちまち嗅ぎ付けた信玄は、箕輪城を守る周辺の支城に猛攻を開始する。

この箕輪城の戦いの中に、業正の一族で、後に重信の弟子になる長野出羽守業親《なりちか》の嫡男長野十郎《じゅうろう》左《ざ》衛門《えもん》がいた。

後に長野無楽《むらく》入道《にゅうどう》槿露《きんろ》斎《さい》と名乗る重信の高弟で、神夢想流開祖林崎甚助重信、二代田宮《たみや》平兵衛《へいべえ》重正《しげまさ》に次ぐ、三代目として名を連ねることになる。

剣聖となる上泉《かみいずみ》伊勢守の孫、上泉孫次郎《まごじろう》はこの無楽入道槿露斎の弟子となり、上泉流居合抜刀を大成する。

重信に神伝された神夢想流居合抜刀はこのようにして、この国の三百流を超える流派に発展する。

年が明けて、重信は二十一歳になった。

許嫁の横山深雪は二十四歳だ。

病に伏した志我井はすぐ回復するかに思われたが長引いた。

それには訳があった。

幼い民治丸《みんじまる》に父数馬の仇討をさせ、本懐を遂げられるよう、大願成就するようにと志我井は薬断ちの願掛けをしていたのだ。

母の戦いだ。

重信の修行が命がけなら、母志我井もまた命をかけていた。志我井だけの秘密だ。

今もそんなことだとは誰も知らない。

「すぐ治りますから……」

志我井はそう言って一切薬を口にしない。徐々に衰弱していった。

志我井は自分が神さまとの約束を破れば、二人しかいない母子なのだから、重信の命を取られると信じている。

「母上、薬を一口、飲んで下され……」

「すぐ治りますから、大丈夫ですよ」

「母上さま、深雪の一生一度のお願いです。なにとぞ、お薬を……」

「深雪殿、一生一度の願いは、甚助のために取っておきなさい。甚助のこと、お願いしますよ」

日々衰えていく志我井は、死を覚悟していた。

重信は熊野明神に母の病気平癒を祈り、祠官の藤原義貫も病退散の祈禱をした。祥雲寺の楚淳《そじゅん》和尚も病魔退散を祈った。

志我井の病は快方に向かう気配がなく、春になっても悪化するばかりだった。

「甚助殿、お父上のところにまいります。数馬さまがお待ちですから……」

「母上ッ！」

その時、重信は悟った。これは神の怒りだと。

乱取備前を摑むと奥の院に走った。

何んとしても母の命を神の手から取り戻したい。神を斬ってでも母を助けたい。重信は走りながら泣いていた。

大旦川沿いに甑岳の麓を走り、石城嶽に入って奥の院に転がり込んだ。

「神さまッ、なぜ母を取り上げるのだッ、なぜだッ！」

重信は岩窟の祠に這いつくばって、もがき苦しみ泣きながら祈った。

「母を助けてくれッ！」

「母を連れて行かないでくれッ！」

「神さまッ、お願いだッ、この命を持って行けッ！」

「母を助けてくれッ！」

大声で叫んだ。

遂に重信は狂った。

「神さま、母を助けてくれるなら、ここで腹を斬るッ。母を助けると言ってくれッ！」

祠の前に大小の太刀を並べた。

「母は何も悪くないッ。なぜその命を取るのだッ！」

「神さまッ、卑怯ではないかッ！」

「何をしろというのだッ！」

神の怒りが何なのか、重信の頭は混乱している。神に叛いたというなら、それは自分であって母ではない。母には何の罪もない。

「母の命を返せッ、助けてくれッ！」

「何でもいたします。母の命だけは取らないでくださいッ！」

夕暮れの山に雨が降り出した。

岩窟の入口に濡れた獅子が来ている。重信は神に祈り、神を罵り、懇願して母の命を助けたいと訴えた。

「お願いだッ、母を殺さないでッ！」

夜半になっても雨は降り続け、重信は泣き疲れてきた。

「母上……」

重信が愛するただ一人の人だ。それを、神が取り上げようとしている。乱取備前を握って立ち上がると雨の中に出て行った。

鞘口を切ってスルッと抜いた。

泣きながら「なぜだ！」と夢中で闇に斬りかかった。

暗闇の中にひそむ神を斬る一撃だ。だが、声も雨にむなしく消され、孤剣からは滴がしたたり落ちるだけだ。

「ああッ、神さま、母を、母を助けてください。この命を差し上げますから、どうか、怒りを鎮めてください！」

春の冷たい雨に濡れて重信は闇の中に立っていた。

遂に、ガックリと膝から崩れ落ちた。母の命が助からないのなら、このまま雨の中で死んでもいい。

重信は地面に転がった。

もう、命はいらない。母と一緒に父のもとに行く。

雨が顔に落ち、体に落ちて熱を奪い、体力も気力も奪って行く。このままにしていれば明け方までには死ぬ。ところがその雨は明け方前に上がった。

まだ、生きていた。

星空の下にいる。

綺麗な満天の星だ。

「甚助、お前は神を裏切った。母の命を奪うのはその報いだと思え……」

スサノオが現れた。

「神さま……」

「お前は百日参籠の満願の日に死んだ。それを生き返らせたのは神である。その時、お前は剣の神伝を願い出た。神はそれに応えた」

「はい……」

「その時、お前は神に何を誓った？」

「それは……」

重信が口ごもった。

「神伝をおのれのものだけにせず、世に広めると約束したはずだ。父の仇を討ち、本懐を遂げて忘れたようだ。裏切り者が」

「神さま、その約束は忘れておりません……」

「もう、遅い」

「神さま、母を助けて、この命の代わりに……」

「くどいッ、神の怒りを知るがいい」

「神さまッ！」

重信がスサノオの衣を摑もうとした瞬間、消えた。

「浅野殿ッ、浅野殿ッ！」

「師匠ーッ！」

大声で呼ばれて重信がうっすらと眼を開けた。二人の山伏の兜巾《ときん》と結袈裟《ゆいげさ》が眼に入った。

「生きているぞッ、弟子の覚浄坊《かくじょうぼう》と蓮覚坊《れんかくぼう》にございますッ！」

「カクジョウ……」

「このままでは死ぬッ。火を焚けッ！」

蓮覚坊が濡れた小枝を集め、岩窟の中の乾いた落ち葉を集めて火を焚き、覚浄坊が重信を抱きかかえて岩窟に運んだ。

二人は嫌な胸騒ぎを感じて、吹越峠《ふっこし》から山岳のけもの道を、危険だが夜の山を下りてきたのだ。

吹越峠は出羽峠とも言われ、五百二十間もの高い山で、強い風と人の通り道なのだ。

岩窟に煙が充満して火が燃えた。

「母上が……」

「母上さまがどうなさいましたかッ？」

「死ぬ……」

「母上さまが死ぬ？」

「神の怒り……」

「神の怒りで母上さまが死ぬ？」

覚浄坊と蓮覚坊が顔を見合わせた。何が起きているのか分からない。

「お屋敷に運ぼう」

「そのお屋敷はどこですか？」

「楯岡城下だろう。行って浅野さまのお屋敷と聞けば、お武家の屋敷などすぐ分かる」

「そうですか、分かりますか？」

「兎に角、急いで体を温めれば何んとかなる！」

二人は小枝を次々と燃やして大きな炎にした。周囲は全て岩で、燃え移るものは何もない。

外は夜が明けて一刻も経っていた。

「何か食う物はないか？」

「食う物と言えば、餅が残っているはず」

「ちょうどいい、焼餅にしろ。体が温まる」

蓮覚坊が笈《おい》から硬くなった餅を出し、二人の山伏は重信の介抱に手を尽くした。重信に餅を食わせ、熱くて近寄れないほど火を焚いて温め、一刻半ほどしか経っていないがずいぶん回復した。若さは万能だ。

「師匠、山を登れますか？」

「大丈夫だ……」

「駄目だ、だめだ。転げ落ちたら怪我をする。お前が背負え！」

「分かりました」

母の死

山伏の蓮覚坊に背負われて重信が屋敷に戻ってきた。

覚浄坊は二人分の笈や金剛杖《こんごうじょう》を持って、山歩きで汚れた鈴懸《すずかけ》に、首には法螺貝《ほらがい》を下げている。

「御免ッ！」

山で鍛えた覚浄坊の声は屋敷中に響くほど大きい。

「若殿ッ！」

小兵衛が飛び出してきた。屋敷が騒然となって、見舞いに来ていた氏家左近が玄関に出てきた。

「浅野さまをお連れいたしました」

「それはかたじけない。そのまま奥へ運んでくださらぬか？」

「承知、蓮覚坊、そのまま運んでくれ」

小兵衛が蓮覚坊の草鞋《わらじ》を脱がせると、重信は奥の部屋に運ばれてお民と深雪に看病された。

「ご坊、いかなる仕儀か？」

「はい、浅野さまは石城嶽の奥の院に倒れておられました。胸騒ぎを感じ吹越峠から奥の院に下りてまいりました。拙僧は羽黒山の修験者にて覚浄坊、これが蓮覚坊にて二人は浅野殿の神夢想流の弟子にござる」

「羽黒山の覚浄殿に蓮覚殿？」

「師は雨に打たれ、虫の息にございました。立ち合ったような傷もなく、神の怒りに触れて母が死ぬとつぶやきましてございます」

「神の怒りだと？」

「はい、確かにそう聞きましてござる」

「神の怒りで志我井殿が死ぬと？」

「そのように。師の母上さまは病でしょうか？」

覚浄坊が心配そうに左近に聞いた。

「さよう、昨年の秋からにわかに臥せられた。それがしは城主因幡守の近習氏家左近と申す」

「氏家さま、師の母上さまの病退散、病気平癒の祈禱をしてもよろしいか？」

「病退散の祈禱か、それはよい頼みます」

「承知いたしました。では急いでいたします」

二人の山伏がすぐ祈禱の支度にとりかかった。

既に志我井は死線を彷徨《さまよ》っている。

夢を見ているのか時々「数馬さま……」とか「民治丸……」とつぶやくのだ。

小梅と小兵衛がつきっきりで看病していた。重信の方はずいぶん回復して深雪が傍から離れない。

「温まりますから、白湯《さゆ》をお飲みください」

「粥を支度いたします」

重信の妻になる深雪は何が起きているのかも分からず、愛する重信の回復を願ってかいがいしく働いた。

山伏二人の祈禱が始まると左近は城に戻って行った。

羽黒山の山伏から聞いた重信の言葉が頭から離れない。城に戻ると因幡守に仔細を復命した。

「甚助が奥の院に倒れていたというのか？」

「はい、そこを山伏に助けられたようにございます」

「どういうことだ？」

「よく分かりませんが、山伏が聞いた浅野殿の言葉に不思議なことが……」

「何んだ」

「神の怒りで母が死ぬと……」

「何ッ、神の怒りだと？」

因幡守の顔色が変わった。それを傍で千谷の方が聞いている。

「神の怒りとはどういうことだ？」

「分かりません……」

「仇討が悪いとでもいうのか、先に主膳が数馬を殺したのだ。何が神の怒りに触れたというのだ？」

因幡守と左近が考え込んだ。

重信の母志我井を奪うほどの神に対する罪とは何だ。

「神の怒り……」

部屋の空気がずっしりと重く淀んだ。

「それで、志我井の方はどうであった？」

「石庵《せきあん》の見立てでは三、四日だろうということにございます……」

「四日か？」

因幡守が苦しそうに眼を瞑った。重信が志我井の病を神の怒りと言ったことは確かだと思う。

因幡守は追い詰められた重信のことを考えている。

「殿、このようには考えられませんか？」

沈黙して二人の話を聞いていた千谷の方が口を開いた。

「思い当たることがあるのか？」

「はい、ございます」

「聞こう……」

「殿は以前、甚助の神夢想流居合は百日参籠で神伝されたと、わらわにお話しくださいました」

「うむ、確かに、そう話した」

「その時、甚助が神夢想流居合の神伝と引き換えに、何か神さまと約束したとは考えられませんか？」

「引き換えの約束？」

「奥方さま、それはどのようなものと？」

「左近、それは、わらわにも分からぬ。志我井を奪われるのだから甚助には心当たりがあるはずじゃ」

「それで、神の怒りだと？」

「左近ッ、奥の言う通りだ。おそらく間違いない」

因幡守は腑に落ちた。

だが、神の怒りでは手の施しようがない。

浅野家では師の母である志我井の病退散を願い、羽黒山の覚浄坊と蓮覚坊の祈禱が行われている。

「深雪、あの声は？」

「甚助さまのお弟子、覚浄さまと蓮覚さまが母上さまの病退散を祈禱しておられます」

「そうか。して、母上は？」

「眠っておられます」

重信と深雪が話していると横山監物が現れた。心配し家臣を連れて深雪を迎えに来たのだ。

「父上さま……」

深雪が立って監物に座を譲った。

「監物さま！」

「そのままでよい」

「深雪、頼む」

重信は深雪に手伝わせて褥《しとね》に起き上がった。

「一生の不覚にございます」

「うむ、天下一の剣士でも不覚を取るか？」

監物がニッと微笑んだ。

「面目もございません」

「殿が心配しておられる。色々なことのあるのが生きているということだ。早く良くなって登城いたせ……」

「はい！」

「志我井殿は寝ておられた。祈禱もしておられるから良くなるだろう」

横山監物は緊迫した状況を理解している。そう言って重信を慰めるしかないと監物も辛いのだ。

深雪が横山監物と帰ると、重信は褥から起きてふらつきながら志我井の部屋に行った。

小梅が泣きそうな眼で重信を見る。

志我井はもう意識がないように思われた。その枕元に重信が座ると、うっすらと目を開けた志我井が小さく微笑んだ。

「神さまを恨んではいけませんよ」

「母上……」

重信と小梅が体を乗り出して志我井を見ている。

それから二日後、覚浄坊と蓮覚坊が出羽三山の葉山《はやま》に去ると、病退散の祈禱もむなしく志我井は遂に力尽きた。

「奥方さまッ！」

お民の声が早朝の空気を斬り裂いた。

重信の手を握って、薬を一口も飲むことなく、志我井は三十七歳の苦難の生涯を閉じた。

十六歳で浅野数馬《あさのかずま》と結婚し、翌年には一子民治丸を産み、二十二歳で愛する数馬を失ってしまった。

以来、数馬の仇討を民治丸に託して生きてきた。苦節十四年、その民治丸は甚助重信となり見事に本懐を遂げた。

その直後、志我井が神との約束を果たす時が来た。

神との約束を守り、薬を断って志我井は旅立って行った。遂に、重信は父を失い、母をも失った。

「母上……」

「神さまを恨んではいけません」

愛する母、志我井の最期の言葉だ。

重信はその母の言葉の意味を考えている。

志我井の亡骸は林崎村の南六町ほどの西大旦に埋葬し、墓を立てて墓碑銘は志我井とした。

重信も神との約束を果たすべき時が来た。

母の言葉はそれを促していると重信は理解したからである。

神夢想流居合は神に授けられた剣法だ。神との約束を果たさずして神夢想流居合はない。

そのことを母は伝えて亡くなった。

重信は最後の決断をするべく、熊野明神に行き藤原義貫に再度の三十三日参籠を願い出た。

重信が来ることを分かっていたかのように義貫が了承する。

旅立ち

三十三日参籠に入ると深雪がいつものように毎日、熊野明神の境内に現れた。

重信は何をすればいいのか、これからどう生きるかを考え、熊野明神の神スサノオと向き合った。

奥の院で死のうとした時、スサノオが夢に現れ神を裏切ったと怒りを見せた。母を奪うのはその報いだとも言った。

もう、その母はいない。

重信は三十三日参籠後に出羽を去ろうと覚悟した。その満願の夜、再び荒ぶる神スサノオが現れた。

「最後の剣を伝授しよう」

神は神伝居合抜刀の裏二十二本を授け、これを使うべからずと禁じた。神から授かった神夢想流は神伝居合抜刀表裏四十四本である。

重信はスサノオと生きる覚悟をして全てを捨て、名を浅野甚助重信から林崎甚助重信に変え、林崎熊野明神の神の名を冠した。

ただ一剣を以て神と共に世に出る覚悟だ。

「二十一歳、全てはこれからだ」

神から授かった神夢想流居合を大成させることが神との約束だ。

三十三日参籠が終わると、五体から全てを削ぎ落し、骨と皮ばかりになった重信が鬼気迫る姿に豹変した。

深雪に支えられ屋敷に戻ると湯に入り、わずかな粥をすすってから身支度をして登城した。

誰もが重信の変貌に驚き眼を見張った。

因幡守は遂に来たかと、広間ではなく自分の居室で、氏家左近と横山監物だけを同席させて重信と対面する。

「甚助、痩せたな？」

「はい、今朝、参籠が終わりましてございます」

「覚悟を決めたのだな？」

「はい、一剣を以て世に出る覚悟にございます」

「そうか、神夢想流に生涯を捧げるか？」

「はい、熊野明神のスサノオさまと約束したことにございます」

重信の覚悟が因幡守に伝わった。

傍にいる千谷の方がいう神との約束が、これだったのかと判明した。それは六十五石の禄を返上して、因幡守の家臣ではなくなるということだ。

「甚助、深雪をどうする？」

「監物さま、深雪はそれがしの妻にございます」

「だが、連れては行けまい。女連れの武芸者はおるまいが？」

重信は監物に叱られたようで言葉に詰まった。まだ、深雪のことまでは考えていなかった。

「よいよい、女は女が何とかしましょう」

千谷の方がにこやかに言って引き取った。監物もそれ以上は言わない。重信の決心を深雪が鈍らせるとも思えない。

重信は乱取備前を返上しようとした。

「甚助、それは、そなたを守る太刀だ。余だと思って持っておれ……」

「はい、大切にいたします。殿、昨夜、林崎甚助と名を改めましてございます」

「ほう、林崎とな？」

「これからは林崎の神と共にまいりますので……」

「うむ、林崎甚助、そなたは生涯、余の家臣じゃ。疲れた時にはいつでも楯岡に戻ってまいれ。この山河はいつでもそなたをやさしく迎えるであろうよ」

「はッ、有り難き幸せにございまする」

因幡守は快く重信を旅立たせようと決心した。

重信は因幡守にとって惜しい人材だが、楯岡家中や出羽に収まるような男ではないと見切った。

出羽も伊達《だて》家や最上《もがみ》家、天童《てんどう》家、寒河江《さがえ》家などが勢力を争っていて、大混乱に発展しそうな情勢なのだ。

因幡守は延沢《のべさわ》家や尾花沢《おばなざわ》家、長瀞《ながとろ》家などと同盟、最上八楯《やつだて》の一人として天童家の味方をしている。

重信のような無双の剣豪が傍にいてくれたら、戦いの時、どんなに心強いことかと思う。

それをこらえて因幡守は重信を野に放つことを決断した。天龍となるか、それとも、猛虎となるか。それは精進次第だろう。

因幡守と千谷の方はこうなるだろうと話し合って、志我井が亡くなった頃から予測していた。

重信は因幡守の許しを得て、禄を返上し楯岡城下を離れる時が来た。

城から下がる重信を左近が大手門まで送ってきた。

「甚助、山形城にそれがしの甥で、氏家守棟《もりむね》という最上義光《よしあき》さまの近臣がいる。一度、会ってみるといい。先々、何かと力になってくれるだろう」

「かたじけなく存じます」

この時、左近が紹介した氏家守棟はまだ二十九歳で、山形城主最上義光は十七歳だった。

この後、義光は父親と対立して伊達家や天童家と争うことになるが、その傍にはいつも守棟がいて、謀略を駆使し義光を助けていくことになる。

楯岡家の敵でもある最上家の氏家守棟を、左近は会ってみろと紹介した。

「それじゃ、気をつけて行け。また、会おう」

「はい、長くお世話になりました」

兄のような父のような氏家左近と別れ下城した。

許しを得て重信は楯岡城下を去るに当たり、母の兄伝左衛門に会って後事を託すことにした。

その頃、深雪は横山監物から城中での話し合いのことを聞いていた。

「それではお父上さま、甚助さまは楯岡から去られるのですか？」

「そうだ。そなたのことは千谷の方さまがお引き受けになられた。浅野殿は、そなたを妻だと言われたでな」

「妻と……」

「浅野殿は明日にはもう城下を去られるであろう。行ってこい」

「お父上さま……」

監物が小さくうなずいた。

一途に重信を愛してきた深雪の気持ちを監物は知っている。

深雪は泣きたい気持ちを抑えて、横山家を飛び出すと重信のもとに走った。だが、重信はまだ屋敷に戻っていなかった。

その頃、重信は刑部太夫の道場で、刑部太夫と大石孫三郎に、神夢想流の居合抜刀表二十二本を伝授していた。

屋敷に戻ってきたのは夜遅くだった。

「深雪……」

「お帰りなさいませ……」

玄関で重信を迎えたのは深雪だけで、お民も小梅も顔を見せなかった。

「ただいま戻りました。監物さまから話を聞いたのか？」

「はい、お聞きいたしました」

「そうか……」

重信は腰の乱取備前を鞘ごと抜いて深雪に渡した。屋敷は誰もいないように静まり返っている。

部屋の隅にはお民と小梅が整えた旅支度が置いてある。

「これからお発ちになるのですか?」

「うむ……」

「深雪をこのままにですか?」

怒った顔で深雪が重信をにらんだ。悲しい顔でもある。

「深雪はもう子どもではありません。覚悟はできております」

「深雪、そなた……」

「このままでは嫌でございます」

「辛いことになるぞ」

「妻ですから、覚悟はできております」

気丈な深雪が眼に涙を溜めている。

それはいつも重信と一緒だという覚悟だ。重信は黙って深雪の細い腕を引いて抱きしめた。

夜明け前、重信はいつもの刻限に起きると旅支度を整えた。傍で寝ていた深雪がそれに気付いて飛び起きた。

「もう……」

「うむ、奥の院に行ってまいる。熊野明神で待て!」

「はい!」

重信が太刀を握って部屋を出ると、玄関に旅支度の小兵衛と小梅がいた。

「小兵衛！」

「若殿……」

「駄目だ。お前は小梅を幸せにしてやれ！」

「殿さま……」

「小梅、小兵衛を頼むぞ」

重信と一緒に行きたい小兵衛と、一緒に行かせたい小梅にそれは駄目だと叱った。

もう、何年も戻ることのない剣客の修行の旅に出る。

屋敷を出ると重信は石城嶽の奥の院に向かった。

何百回と通った山道だ。

暗いうちに奥の院に着くと岩窟の中で、旅の無事と神夢想流居合の大成を祈った。

その決意を神に伝えて広場に出ると、鞘口を切り静かに乱取備前を抜いた。

朝の冷気の中で神伝居合抜刀表裏四十四本を神に披露する。

足場を固め上段から真一文字に振り下ろした。

冷気を斬り裂くと剣先がピリピリと緊張する。一本一本丁寧に披露した。獅子の親子が谷川を飛び越えて見に来る。

その獅子の親子に見せるように「シャーッ！」と横に薙ぎ払う。

獅子は重信の気持ちがわかるのか剣技を不思議そうに見ていた。

半刻ほどで奥の院に別れを告げ、祥雲寺に向かう頃には夜が明けていた。重信は楚淳和尚に礼を述べ長年の修行に感謝した。

「人を斬らぬ剣をな……」

「はい、そのように修行いたします」

剣禅一致が楚淳和尚の教えだ。

剣の修行も禅の修行も一緒だということだ。一剣を以て大悟することはできると老師は重信に教えた。

「禅はどこでもできる。剣の修行も同じだ。草木国土悉皆成仏《そうもくこくどしっかいじょうぶつ》を忘れぬようにな」

「はい、お世話になりました」

重信は合掌して、幼少から学問と禅を学んだ楚淳和尚と別れた。

この十数年後、深雪は楚淳和尚の手によって出家し、妙穐禅尼《みょうしゅうぜんに》と名乗ることになる。祥雲寺の過去帳には、妙穐禅尼甚助妻と書き残され後世に残ることになった。

重信は走って熊野明神の境内に向かう。

そこには祠官の藤原義貫、息子の義祐、深雪、高森伝左衛門、菊池半左衛門、孫助、お民、小兵衛、小梅たちが待っていた。

重信は拝殿で見送りの人たちとお祓いを受けた。

別れの時に言葉はいらない。

草鞋を履いて境内に出ると、重信は神と見送りの人たちに、深々と頭を下げてから立ち去った。

「重信さま……」

深雪が追おうとしたが義貫と半左衛門が引き止めた。

「行かせてあげなされ、これから浅野殿が行く旅は、スサノオさまに授けられた運命の旅なのだ。生涯、旅することになるだろう。神から授かった神夢想流を天下に広めることこそ本懐なのだ。無事を祈ってあげなさい」

「重信さま……」

義貫に諭され、深雪は膝から崩れ落ちると両手で顔を覆って泣いた。この翌年に深雪は重信の子を産み、この男子も後に林崎甚助と名乗ることになる。

重信は羽州街道に出ると山形城下に向かった。

暫く行くと街道に因幡守と氏家左近の二騎が待っていた。

「甚助、まずはどこに行く？」

「鹿島《かしま》にまいりたいと思っております」

「おう、塚原卜伝《ぼくでん》翁だな？」

「はい、神夢想流を披露したいと考えております」

「それは良い。良い考えだ。達者でな」

「かたじけなく存じます」

「浅野殿、これは、千谷の方さまからだ」

左近が重信に袱紗《ふくさづつ》包みを渡した。

この後、最上家と天童家の戦いに巻き込まれ、因幡守は戦いに敗れて自刃、氏家左近は因幡守を守って討死する。

乱世は諸行無常、激動の渦が出羽の国をも呑み込んで行くことになる。

出会い

孤剣を抱いた重信が山形城下の氏家屋敷に現れた。

守棟は以前から重信の存在を左近から聞いていて来訪を大いによろこんだ。やがて最上家を支えることになる守棟は才気走っている。

「若殿が以前から神夢想流居合を見たいと仰せなのだがどうであろう？」

「よろこんでご披露申し上げます」

「そうか、かたじけない」

重信が最上義光と対面することになった。

この時、義光は十七歳だったが六尺を超える大男で、その大力は凄まじく、前の年、七、八人の男がようやく動かした大石を一人で転がした。

それを喜んだ父義守《よしもり》が名刀笹切《ささきり》を授けたという。

やがてその父と対立、氏家守棟と共に調略、謀略を駆使して最上家を五十七万石の大大名に育て上げる。

ある時、剛力の義光は刀の二倍もの重さの、自慢の鉄棒をにぎり馬上から次々と敵を叩き伏せた。

勢いに乗り家臣の制止を振り切って単騎突撃を敢行、敵の首を幾つも取って本陣に戻ってきた。

「殿、そのようなつまらぬ首を誰に見せるおつもりかッ、御大将ならば軽々しい振舞いは控えていただきたいッ！」

氏家守棟が涙ながらに叱り義光を諫めた。

「相すまぬ！」

義光は面目なさげに討ち取ってきた首を投げ捨てたという。大男の義光は聡明でもあった。

義光は伊達家に嫁いだ妹の義姫《よしひめ》を溺愛していた。義姫が戦場に駆け付けて戦いの中止を懇願すると、それを聞き入れ戦いを止めてしまう。

武勇だけでなく、そんな人情家であるところも義光の魅力だった。

家臣に伊勢物語や源氏物語を奨励し、自らも連歌の研究書を執筆するなど、細川幽斎《ほそかわゆうさい》に次ぐ文化人とも言われる男に成長する。

信仰心も篤く、山寺立石寺《りっしゃくじ》、羽黒山、慈恩寺などを厚く庇護した。

最上川で獲れる鮭を大いに好んで食した。

その若き義光が自慢の家臣、江口五兵衛《えぐちごへえ》を連れて現れた。

五兵衛は義光に似て豪傑でありながら連歌を好み、後に京で浄土真宗の僧浅井了意《あさいりょうい》や連歌師里村紹巴《さとむらじょうは》などと交流する。

関ヶ原の時、東軍の最上家が西軍の上杉家から攻められる。

その時、山形城を守る支城の畑谷《はたや》城を、三百の兵で守備していた五兵衛は、直江兼続《なおえかねつぐ》の降伏勧告に「敵を目前に、城を捨てたと言われては、武士たる者の名折れである！」と拒否した。

上杉軍の猛攻を受け、一族の子女を秘かに城から逃がして江口軍が全滅する。

その五兵衛とともに大男の義光がのそっと部屋に入ってきた。

重信が平伏する。

「甚助か？」

「はッ、林崎甚助にございます」

「神夢想流居合という不思議な剣を使うそうだな？」

「ご披露仕りまする」

「うむ、余の家臣、五兵衛を連れてきた。立ち合ってみよ！」

「畏まってございます」

「真剣でよいか？」

「殿ッ、真剣とはもってのほかでござる！」

守棟が義光をにらんで叱った。

「五兵衛、木剣だ！」

義光が言い直した。

二人が立ち合いの支度を整え庭に下りた。襷《たすき》をし、紐で鉢巻をした重信が守棟から木刀を受け取る。

「存分に……」

「はい！」

互いに中段に構え対峙する。

五兵衛は腕自慢だが、構えてみてすぐ腕が違い過ぎると分かった。その怯えが隙を作った。

勢いだけで「イヤーッ！」と重信を威嚇する。

五兵衛が上段に構えを変えた瞬間、先の先を取った重信が飛び込んで右胴から横一文字に斬った。

神伝居合抜刀表一本荒波《あらなみ》、さらにその切っ先が左脇の下を一突きにした。

神伝居合抜刀表一本止心《ししん》だ。

「それまでッ！」

守棟の声が飛んだ。

五兵衛はあまりの恐怖に何もできなかった。ガクッと膝をついて「まいった！」と降参した。

「見事ッ！」

サッと引いた重信が義光に一礼する。

「神夢想流、居合抜刀荒波と止心にございます」

「甚助、余に伝授せいッ！」

「畏まってございます」

重信は三日間かけて義光と守棟、五兵衛に大将の秘剣として、荒波、止心、天車《てんしゃ》、石貫《いしぬき》、金剛《こんごう》の表五本を伝授した。

「どうだ。余の家臣にならぬか？」

「殿は二千石で家臣にしたいと仰せなのだが？」

守棟が説明する。

破格の待遇であることは分かる。だが、神との約束である大望を持つ重信には、もし、一万石と言われても仕官は受けられない。

ましてや最上家は天童家や楯岡家と戦うことになるかもしれないのだ。

「氏家さま……」

重信は困った顔で義光に平伏した。

「身に余るお言葉にございますが、神との約束にて栄達を望まず、神夢想流居合の大成を本懐といたしてございます。お許しを賜りたく願い上げまする」

「そうか。神か、余に神と争う力はない。残念だ」

「恐れ入ります」

「乱世は何が起きるか分からぬ。甚助殿、時には力を貸してくれぬか？」

「氏家さま、微力ではございますが……」

「うむ、頼む！」

重信は義光と守棟、五兵衛の三人と再会を約して山形城下を去った。

若き神の剣士は颪と共に、上山《かみのやま》を過ぎ米沢に向かった。重信を育てた山河はもう見えない。

米沢城下を過ぎ路傍の地蔵尊を見つけて傍に腰を下ろした。ここまで来ると出羽も夏の匂いがしてくる。

「旅のお武家さま……」

声をかけられて重信が振り向いた。

老人が立っていた。

「一人旅のようなので声をおかけした。わしはこの辺りの村の郷士で森栄左衛門《もりえいざえもん》という者でな。お武家さまは北からまいられたようだが、どこまで行かれるのかな？」

にこやかな好々爺だ。

「そうだな。風の吹くままだが、足は鹿島の方を向いておるようだ……」

「おもしろいことを仰る方だ。武者修行でございますか？」

「そのようなものだ」

「傍に座っていいかな？」

「どうぞ……」

ニコニコと笑顔の老人を善人と見た。

「ちょうどよかった。わしは武芸好みで、あの大きな杉の木の下に小さいが道場を持っていてな。屁っぽこどもの相手をしておるのじゃ。逗留してくださらぬかのう？」

「ほう、ご老人が道場をお持ちとは、よろこんで伺いましょう」

「道場と言っても百姓家の納屋のようなものだ。期待されても困るがのう……」

ニッと笑う。

「薫《かおる》ッ、お武家さまは喉が渇いておられるようだ。水を持ってきておくれ！」

「はーい！」

重信が振り向くと手にいっぱいの草花を摘んだ娘が近づいてきた。まだ十歳ぐらいの子どもだ。

「はい、お水！」

娘が腰ひもに下げていた小瓢簞を重信に渡した。可愛い娘だ。

「頂戴いたす……」

栓を取ってごくっと一飲みして、ひっくり返りそうになった。水ではなく酒だった。

「やったあッ！」

娘が草花を放り投げて逃げていった。

「失礼、失礼、孫娘のいたずらでな。相すまぬ、相すまぬことでござる」

謝りながら重信から小瓢簞を受け取って、ごくごくと老人が空にしてしまった。重信は一本取られたというようにニッと笑った。油断した。

「子どもに一本取られるようでは、たいした腕ではないようだの？」

「さよう、面目もござらぬ。その程度の腕でござるよ」

「さて、あの杉林まで五町もない。まいりましょうかの？」

「はい、厄介になります」

「ところで、まだ名を聞いていないが？」

「これは申し遅れました。林崎甚助と申します」

「甚助殿か、武者修行は大変だのう」

「はい……」

二人は話しながら大杉を目指して歩きだした。悪戯に大成功した薫が、一町ほど先を楽しそうに走って行く。

郷士と名乗った森栄左衛門の屋敷は立派な長屋門で城のようだ。

「構えだけはいいが、中はのう……」

栄左衛門は屋敷が気に入らないようだ。

重信は屋敷内の百姓家の道場に案内される。

その隣に廊下続きで、栄左衛門の隠居屋敷がある。森屋敷の当主は栄左衛門の息子藤左衛門《とうざえもん》だ。

呼ばれれば藤左衛門は米沢城に出仕する。

森家は国人郷士だが伊達家の下級家臣でもある。

屋敷には長屋があって百人近い家臣や小者が住んでいる。林が深く、小川が流れ、畑がある広大な屋敷だ。

その日、重信は道場の奥に泊まった。

翌朝、まだ暗い寅の刻に目を覚ました重信は道場に出ると座禅を組んだ。

楯岡城下を出て久しぶりの静かな朝だ。半刻ほどで座禅を解くと、立ち上がって乱取備前を腰に差した。

鞘口を切って抜くと静かに横に斬った。

その太刀を上段から斬り下げ、踏み込んで突きを入れた。

鞘に戻した太刀を再び抜くと踏み込んで袈裟に斬り下げ横に斬り払う。太刀が鞘に戻ると腰を落として鞘口を切り逆袈裟に斬り上げる。

太刀を鞘に戻すと正座して瞬間、片膝立ちで太刀をスルスルと抜いた。

息を整える。体の捌《さば》きが難しい居合抜刀だ。

一瞬一瞬の動きを確認する。神伝居合抜刀表裏四十四本を抜き終わると大汗が噴き出す。

道場の外に出て井戸水を汲み、体を拭いていると栄左衛門が顔を出した。

「よく眠れましたかな？」

「お陰さまでぐっすり寝てしまいました」

「どうじゃな甚助殿、朝餉《あさげ》に付き合って下さらぬかの？」

栄左衛門は武芸者らしくない重信に興味を持った。

森栄左衛門は相当な腕前だが、重信を見て強いのか弱いのか分からない。何んとも屈託のない爽やかな若者なのだ。

その屈託のなさに何か隠れている匂いがする。

薫と小女《こおんな》が二人の朝餉を運んできた。

悪戯に大成功した薫も重信に興味を持った。

「爺、酒は？」

「いや、今日は止めておこう」

「珍しいこと」

薫が大人びたことを言う。

栄左衛門は朝酒をやるが今朝はそれを断った。

珍しく早々と道場から気合が聞こえてきた。森家の若い家臣と近隣の村々の若者たちだ。

朝餉が終わると栄左衛門の息子藤左衛門が、離れの隠居屋敷に顔を出した。

「林崎殿だ」

「藤左衛門でござる」

「林崎甚助にございます。厄介になっております」

重信が挨拶した。それを薫が見ている。

「父上、これから城に行ってまいります」

「おう、そうか……」

「道場に惣太郎《そうたろう》がおります」

「珍しく、やる気になったか？」

惣太郎は薫の弟で遊び好きな少年だ。

「甚助殿、行ってみますか？」

栄左衛門が立つと藤左衛門と重信が後に続いた。その後ろから薫がついてきた。

白　布

重信は末席に座って道場の稽古を見ている。

その隣に薫がちょこんと座った。

「爺は強いんだよ」

「そうですか？」

「弟は駄目だけど」

「まだ、小さいですから……」

「もう、十三です」

「えッ……」

重信は思わず薫を見た。

弟が十三ということは姉の薫は十四歳以上ということになる。とてもそんな歳には見えない。

「何んですか？」

「いいえ、何でもありません」

薫は深雪の子どもの時のように気が強い。

「甚助殿、立ち合ってみられるか？」

栄左衛門に聞かれた。

「はい、よしなに……」

重信は乱取備前を薫の傍に置き木刀を握って席を立った。

道場の中央に進むと、その重信を見て森家の家臣で腕力のありそうな若者が立ち上がった。

「よし、甚助殿と七郎兵衛《しちろべえ》の立ち合いだ」

道場の中央で対峙してあまりに腕が違い過ぎるのがすぐわかる。

それに気付いたのか七郎兵衛が上段から一気に仕掛けた。カツーンッと木刀を弾くと踏み込んで七郎兵衛の左肩を砕いた。

神伝居合抜刀表一本金剛、左肩をグイッと押さえられた七郎兵衛が床に膝をついた。

「まいったッ！」

あまりに見事な技に、道場が水を打ったように静まり返る。栄左衛門も呆然と見ている。これはただ事ではない。

「失礼いたしました」

重信が二間ほど下がって正座する。

「お見事……」

栄左衛門がつぶやいた。

「次ッ、誰かッ？」

「槍でもよろしいか？」

「結構です」

立ち上がったのは髭面の男でやはり森家の家臣だ。

「真槍でもよろしいか？」

「どうぞ！」

道場が一気に緊張する。重信は木刀のままで髭の男が真槍を握り、ドンッと石突で床を突いた。

髭面だがどこか愛嬌がある。「ウオリャーッ！」と叫んで自分を励ましている。

槍を二度しごいて、頭上で槍を回転させる。道場は真槍の回転で逃げ出したい恐怖に包まれた。

その回転が頭上で止まると一気に突いてきた。

瞬間、その槍の千段巻きを抑えると勢いを殺し、槍を跳ね上げると同時に重信の木刀が首を刎ね斬った。

神伝居合抜刀表一本乱飛《らんぴ》、髭の男が後ろにひっくり返って転がった。

「ま、まいったッ！」

重信はまた二間ほど引いて正座する。全く息を切らしていない。その静かな佇まいに栄左衛門が驚愕した。

この若者は何者だと思う。並の使い手ではない。

何人も武芸者を見てきたが、このような技を使うのは見たことがない。

「一手、ご指南願いたいが、流儀は？」

重信の傍に木刀を持って栄左衛門が立ってきた。

「神夢想流居合にございます。ご披露いたしましょう」

「もしや、楯岡の……」

「はい、楯岡にて育ちました」

重信は席に戻ると、驚いている薫にニッと笑って、木刀を置いて乱取備前を腰に差した。

「真剣にてご披露仕ります」

正座すると鞘口を切り片膝で立つと同時に太刀を抜いた。

そのまま上段から斬り下げ、横一文字に払って血振りをくれて鞘に戻す。流れるような剣の動きだ。

誰も見たことのない正座からの動きだ。美しい太刀の動きと体の捌きだ。みなが息を詰めて重信の技を見ている。

「神夢想流、神伝居合抜刀表三本にございます」

「伝授してくださるか？」

「はい、よろこんで仕りましょう」

栄左衛門が襷をかけて木刀を持ち道場の中央に立った。重信は席に戻って乱取備前を置き、木刀を握った。

重信から栄左衛門に伝授する稽古が始まった。

二人が繰り返し、繰り返しの稽古に半刻もすると、年寄りの栄左衛門はフラフラになった。

「歳は取りたくないものだわい」

苦笑して最初の稽古が終わり、連日、その稽古が続いた。

噂を聞いて、五日もすると栄左衛門の道場は朝から大賑わいになった。木刀を真剣に持ち替えて集まってくる。

ある朝、重信は人の気配で飛び起きた。

細い灯りの傍に薫が座っている。

「どうなさいましたか？」

「甚助殿、わらわに居合抜刀を教えてくれぬか？」

「構いませんが、太刀はお持ちか？」

「これは、弟の刀だ。あれはやる気がない」

気の強い、厳しい顔だ。

「栄左衛門さまとお父上のお許しは？」

「ない！」

二人がにらみ合った。

「爺は何んとかなるが、父上は嫁に行けというだけで駄目だ」

「それでは、お教えできません」

「甚助殿ッ！」

怒った薫が太刀を摑んでいきなり抜いた。甚助が身を引いた。何んとも危ない振る舞いだ。

薫が太刀を突き付けて重信を脅迫している。

「教えて！」

「はい、分かりました。では道場でお待ちください」

「よし！」

太刀を握ったまま薫が部屋から出て行った。何んともやんちゃな姫だ。

乱暴もいいところだが、重信は支度をして道場に出て行った。うっすらと夜が明け始めている。

道場の真ん中に薫が座っていた。

その前に重信が座った。

「お父上に叱られてもいいのですか？」

「構わぬ！」

「万一の時以外、使わぬと約束願います」

「分かった」

薫は重信が初めて居合を使って、道場の二人を倒した時から一目惚れで好きになっていた。

そこで思いついたのが居合抜刀の伝授だった。

朝早くならだれにも邪魔されず二人だけになれる稽古だ。

「では……」

重信は太刀の抜き方から伝授した。

そんな二人が恋に落ちるのは当然の成り行きだった。

薫は初恋を持て余して重信に体当たりしてくる。激しく燃え上がって苦しくなるのが初恋だ。

恋に落ちてしまえば二人とも抜け道はない。

重信も薫が好きだという気持ちを剣で斬り捨てる。斬れば斬るほど湧き上がるのが恋心だ。

荒れ狂う恋心だけは神でも始末に負えない。

毎朝、栄左衛門と朝餉を取る重信の変化に気付かないわけがない。

栄左衛門は先に薫の変化に気付いた。だが、若い者の恋は止めて止まるものではないのが世の相場だ。

見て見ぬふりをする。

栄左衛門は重信を気に入っていて、孫娘の薫と一緒になるならそれでもいいと思っている。

孫の惣太郎がひ弱なので、重信のような兄がいてもいいと思うが、修行者というのはなかなか一ヶ所に留まらないのも事実だ。

薫が泣きを見るようなことがあっても困るがどうなるものか。

いつしか、重信の滞在も長くなって夏になった。

「甚助殿、会津の赤井村に親戚がおってな。そこにも道場があるのだが、時々、そこに行って指南してもらえないかのう？」

「はい、承知いたしました」

重信は二つ返事で会津行きを了承した。

これに慌てたのが薫だ。

すぐ、栄左衛門に一緒に連れて行けと強引に迫った。何んともわがままな姫さまなのだ。

薫は言い出したら引かない猪武者だ。

山越えの旅に女の足では駄目だと、栄左衛門は拒否したが、そんなことではあきらめない。

朝となく、昼となく、夜となく栄左衛門の隠居屋敷に来て、旅先で栄左衛門の世話をするのは自分しかいないと訴える。

「そうでしょう、お爺さま……」

世話などしたことないのに可愛らしいことを言う。

その粘り強さに負けて栄左衛門が薫の同行を許した。

もちろん、薫が重信と別れるのが辛いからだと、分かっていて栄左衛門は了承したのだがそれが大ごとになった。

栄左衛門を世話するのは薫だが、薫を世話する侍女が二人になった。父親の藤左衛門が心配してつけた護衛の武士が七郎兵衛ともう一人である。

その上、薫と侍女の衣装や道具など、日常に必要なものを入れた挟み箱が五つ、それを担ぐ小者が五人という供揃えだ。

重信と二人だけで行こうと考えていた栄左衛門は苦笑するしかない。女一人が長旅に出るとこういうことになる。

米沢から会津には檜原《ひばら》峠を越える米沢街道がある。

会津の人は会津街道という。

出羽三山参りの人々が使う本街道だが、栄左衛門一行は道の険しい脇街道とも言える白布《しらぶ》峠《とうげ》越を選んだ。

この道の途中、吾妻山の北西には秘湯の白布高湯が湧き出している。

秘湯中の秘湯で、冬には大雪のため山は閉鎖され誰も近寄らない。

発見されたのは古く九百年前とも千年前とも言われるが、開湯は鷹が傷を癒していた正和元年（一三一二）だという。

白布という名は古くからあって、まさに猿、狸、狐、獅子などの棲む秘境の地で、霧氷のできる場所をアイヌ語でシラブと言ったという。

熱い湯がふんだんに出て谷川の水を入れないと入浴できない。

この後、関ヶ原の戦いに敗れた上杉家が米沢に移封させられると、秘密の鉄砲製造所をこの山奥の白布高湯に設置する。

夏でも休憩所のような湯屋の小屋があるだけの露天風呂だ。

その日は暑い日だった。

米沢を発った一行は白布高湯で一泊することにした。

湯の好きな栄左衛門の楽しみだ。

ところが、薫が入りたいと言い出したので大騒ぎになる。七郎兵衛たちと小者が露天風呂を柵で囲む大仕事になった。

姫さまの入浴だから見えないように厳重に作られ、二人の侍女だけが薫の入浴を手伝う。

「甚助殿、見張りを頼みます」

「はッ！」

薫の名指しで重信が露天風呂の入口に立たされる。

風呂の番人だけではなかった。寝る時も栄左衛門と一緒で、薫は山の夜が怖くて怯えている。

「甚助殿、見張りをね？」

重信は寝ることもできない。わがままいっぱいに育った姫さまだ。

薫の泊まる小さな湯屋の入口に乱取備前を抱いて座った。天気が良く、男は星空の下で野宿、女は粗末な小屋の中だ。

その深夜、大胆にも薫が重信の唇を吸いに起きてきた。

「何んと……」

「シッ！」

星明かりに薫の顔が白い。

「はしたないか？」

「いいえ、そのようなことはございませんが……」

重信が薫の細い体を抱きしめる。

「明日は峠に登ります。ゆっくりお休みください」

「嫌じゃ」

薫が重信の首にしがみついた。愛し合う二人に星明かりの夜は夢の中だ。狂おしいほど薫は重信を好いている。

翁　島

案の定、翌日の白布峠越えで薫はすぐフラフラになった。夜遊びをして寝ていないのだから当然と言えば当然だ。

「甚助殿、お願い……」

薫が道に立ち止まってしまう。

「甚助殿、寝ていないのに相すまぬな。薫を背負ってくれぬか？」

栄左衛門は寝たふりをして二人の秘密の夜を知っていた。

「はい……」

重信は薫の前に行って背を向けると、薫がペロッと舌を出してニッと笑う。侍女が袖で口を覆って笑う。

何んとも無邪気で憎めない姫さまなのだ。

大好きな重信の背中で薫は上機嫌だ。

米沢から赤井村までは十四里、途中の白布高湯までは五里半ほど、赤井村まで上り下りであと八里余り、一日の道のりだ。

赤井村に到着したのは夕刻だった。

その赤井村の小川弥左衛門《おがわやざえもん》は剣術好みで栄左衛門の実弟である。栄左衛門は数年前に妻を亡くしたが、弥左衛門夫婦は栄左衛門よりだいぶ若く、大よろこびで一行を迎えた。

ことに薫がはるばると山越えで、会津に出てきたことには驚いている。

赤井村で暫く過ごすことになる栄左衛門は、家臣の七郎兵衛たち男七人を一旦米沢に帰した。

「弥左衛門、神夢想流居合の林崎殿じゃ」

栄左衛門が書状で紹介した剣豪が、あまりに若いので弥左衛門が驚いている。

「ご厄介になりまする」

「こちらこそよろしく頼みます。今日か明日かと道場の者たちが待っておってな。明日の朝から早速お願いいしましょう」

「承知いたしました」

栄左衛門からの書状で神夢想流居合の、林崎甚助という剣士にみなが期待しているのだ。その剣士が実に若い。

弥左衛門は重信を見て、どれだけの使い手なのか、兄の栄左衛門の書状ほどに強いのかと多少の疑念を持った。

それが翌朝に一変した。

小川道場きっての使い手が重信と立ち合いになった。

栄左衛門は弥左衛門が重信の腕に疑いを持ったなと、笑いながら薫と道場の師範の席に座って見ている。

薫も重信の腕に自信を持っている。

重信は立ち合う大木源之丞《おおきげんのじょう》が、力持ちの七郎兵衛と似たような腕だろうと見抜いた。三十前の若者だ。

勝負はいつものように一瞬だった。

源之丞が上段から踏み込んでくると、後の先を取って胴を真っ二つにしてから左肩を砕いた。

神伝居合抜刀表一本山越《やまこし》、源之丞が一瞬で床に転がった。

薫が満足げにニッと小さく笑う。

「弥左衛門、もう一人どうだ？」

驚いている弥左衛門に栄左衛門が自慢げに言う。源之丞が転がったのを見て、何人でも同じことだと弥左衛門には分かる。

「お見事でござる」

「恐れ入ります」

道場の中央に座って重信が弥左衛門に挨拶した。何が起きたのか分かっていない門弟がいる。

そんな中で重信との立ち合いを望んで、立ち上がる勇気のある若者がいた。

「よし、いいだろう」

弥左衛門が許すと若者が道場の中央に出てきた。

「大木三郎《さぶろう》でござる！」

「どうぞ……」

三郎は源之丞の弟で歳はだいぶ下のようで、腕は兄より上なのだが道場では源之丞の下の二番手になっている。

それを重信は察知した。負けず嫌いの良い面構えだ。

トントンと床を踏んで「イヤーッ！」と小鹿のように元気がいい。

二間ほどの間合いから上段で突進してきた。

重信の木刀が素早く反応する。三郎の木刀を受け左に引き流すと同時に、三郎の左胴を行き違いざまに深々と斬り払った。

神伝居合抜刀表一本引返《ひきかえし》、一瞬、三郎は足がもつれたように三間も吹き飛んで転がった。

「それまでッ！」

三郎は木刀を拾うと重信に正座して「まいりました！」と挨拶する。

「次はいないか？」

栄左衛門が呼びかけるが返事がない。

「そうか。よし、よし、甚助殿、稽古をつけてあげなされ……」

「承知いたしました」

道場は狭いが、元気の良い若者ばかりだ。

激しい稽古が昼前まで続き、門弟たちが疲れ切ったところを見計らったように、質《たち》の悪そうな男が道場の玄関に立った。

「来たぞ！」

「厄介な連中だ」

門弟がざわついて稽古が中断された。

「今日は終わりにしよう」

弥左衛門が稽古を終わりにし大木三郎が玄関に出て行った。

「試合はせぬといつも言っているだろが！」

「三郎、お前に用はない。師範を出せ！」

「わしが師範だ！」

嘘を言って源之丞が出て行った。

「ふん、何が師範だ。笑わせるな源之丞！」

「また、食い詰めたか？」

「黙れ、道場主を出せ、お前では話にならぬ！」

「うるさいッ、うぬらに施しはせぬわ」

「施しだと、乞食じゃねえッ！」

「村人は乞食侍だと言っておるわい」

「何んだとッ！」

玄関でにらみ合った四人が罵り合いだ。これまで何度も喧嘩してきた。双方で怪我人を出している。

「弥左衛門、あれは何んだ？」

「この先の烏帽子山の麓の浅ノ原に巣くっている食い詰めどもだ。悪さをするので村人が困っておるのだ」

「野盗か？」

「似たようなものだ。十七、八人と人数が多いので手が出せない」

弥左衛門の困った顔を見て重信が座を立った。玄関に出て行くと二人の浪人をにらんだ。

「それがしが当道場の師範代だ」

「見たことない顔だな？」

「昨日からご厄介になっておる。村人に悪さする悪党どもと聞いたので退治する」

「何んだとッ！」

「退治すると言ったのだ。明日の朝、明け六つ、そなたらの浅ノ原に行く。今日は引きとれ！」

「おのれッ、叩き殺してくれるッ！」

「いいから、帰れ。明日の明け六つだぞ」

二人がブツブツ言いながら出て行った。

重信が見るところ盗賊には見えないが、徒党を組んで村人に迷惑をかけるようでは困る。重信から仕掛ける果たし合いだ。

「師範代ッ！」

三郎が重信を師範代と認めた。

「奴らは数が増えて二十人以上いるようです。是非、われわれもッ！」

「いや、三郎殿、果たし合いではない。助太刀は無用に願います」

「しかし、奴らはみなで仕掛けてきますぞ」

重信が小さくうなずきニッと微笑んだ。

「大丈夫、心配してくれて有り難う」

重信は道場に戻ると、浪人との約束を話して弥左衛門の了承を願った。

「明け六つ、一人で行かれるか？」

「はい、村人に迷惑をかけるようでは、退去してもらうしかないと思いますので、話し合いをしてまいります」

「話し合い？」

栄左衛門は重信を信頼している。話し合いがこじれれば喧嘩か果たし合いだ。

全く心配していない。だが、薫は心配だ。話し合いと言われては弥左衛門も許すしかない。

午後には弥左衛門が仕立てた舟で猪苗代湖に釣りに出た。栄左衛門は釣りが好きで上機嫌だ。

舟には薫と重信も乗った。

道場から四、五町東に大きな猪苗代湖がある。

この湖は磐梯山の噴火で阿賀川の支流がせき止められてできた湖で、高い場所にできたため天鏡湖ともいう。湖に出た舟は小石ヶ浜の沖で釣りを始めた。

風光明媚なのんびりとした釣りだ。

北の湖面に島が浮かんでいる。

「あれは島ですか？」

薫が弥左衛門に聞いた。

「無人の翁島じゃ」

「翁島、翁が住んでいるのですか？」

「その昔、一人のお坊さんがこの辺りに旅で立ち寄ったのじゃ。そのお坊さんは喉が渇いておったそうじゃ」

弥左衛門が薫に昔話を聞かせた。

「千年も昔のことだ。その頃、この辺りは水不足でな。そのお坊さんは機織りの娘に水を一杯乞うたのだが、貴重な水ゆえ断られてしまった。別の村まで行って米をといでいる女に、そのとぎ水を一杯乞うたのだ」

薫が真剣に弥左衛門の話を聞いている。

「その女はとっても貧しかったが、女は快くお坊さんに水を飲ませてあげたそうじゃ。お坊さんは深く感謝して立ち去ったが、三日後に山が大噴火した」

「あの山？」

薫が磐梯山を指さした。

「そう、あの山が大爆発して辺りの山まで崩れて、五十二ヶ村がこの湖に沈んでしまったが、お坊さんに水を差し上げた翁という名の女の家だけは、沈まずに島になったのじゃよ」

「それがあの島？」

「そうだ。それであの島は翁島と呼ばれている。翁女が水を差し上げたのは弘法大師《こうぼうだいし》空海《くうかい》さまだったのだ」

「まあ、お大師さまが助けて下さったの？」

「そうだ。お慈悲だな」

「そうなの、お大師さまが……」

薫が翁島に向かって合掌した。こういう時は聞き分けがいい。

二十二人斬り

重信は小川家の家人や小者と一緒の長屋に泊まった。

母屋に侍女たちと部屋を与えられた薫は、もう重信と夫婦のつもりで大いに不満だ。口も吸いたいし重信に抱いてもらいたい。

急に不機嫌になった薫を二人の侍女が持て余す。それでも長旅で疲れていて泣きべそで寝てしまう。

翌朝、暗いうちに起きて寝衣のまま薫が重信の長屋に走った。

重信は支度をしていたが、いきなり首に飛び付いて薫が重信の口を吸った。天真爛漫、自由奔放、言語道断な姫さまだ。

「死なないで！」

「うむ、心配ない……」

うなずいて重信が立ち上がった。

薫を強く抱きしめてもう一度「心配ない！」とつぶやいて外に出た。小川家の門の外に源之丞と三郎の兄弟が待っていた。

「ご案内します」

「お頼みいたします」

三人は間もなく夜が明けるだろうまだ暗い道を、西の烏帽子山に向かって少し急いで歩いた。

その頃、果たし合いだと聞いた野次馬の村人や、興味津々の門弟たちが浅ノ原に続々と向かっていた。重信が心配な薫も、栄左衛門の袖を引くように歩いている。

武家の喧嘩や果たし合いなど滅多に見られない。

浪人たちは景気よく大焚火を焚いて暖を取っている。山から秋が下りて来て早朝は少し寒い。

掘っ立て小屋にはまだ何人も寝ている。

「来たなッ！」

三人を見て浪人たちが殺気立った。

「ここでお待ちください」

重信は源之丞と三郎を制して一人で葦原の中に入って行った。鬱蒼たる広大な葦原の一角が広場になっていて、掘っ立て小屋が三つ建っている。

「来やがったなッ！」

「一人か？」

「話し合いに来たのだ」

「話し合いだと、何んの話し合いだ！」

「そなたらの頭に話したい」

浪人たちが全員外に出て重信を取り囲んだ。全部で二十五人だと思ったが、頭の男が一人小屋に残っていた。

「頭は俺だッ。何の話だ！」

男が腰に太刀を差しながら小屋から出てきた。

ひどく人相の良くない男だ。

この男だけは生かしておけないと重信は思った。それが伝わったのか男は殺気に包まれている。

「村人に迷惑をかけず、ここから立ち去ってもらいたい」

「立ち去れだと？」

「そうだ。村人がずいぶん困っておられる」

「うるさいッ、小童《こわっぱ》ッ、うぬ一人でこの人数とやる気か？」

重信を若造と見てなめたようだ。
二、三歩前に出てニヤリと笑う。髭面で幾つぐらいか歳は分からないが、重信は四十ぐらいかと見た。
「場合によっては一人で引き受けます」

「ふん、小童ッ、少しここが足りないのか？」

頭を突っついてニヤニヤ笑う。

「立ち退いてもらえないか？」

「洒落臭《しゃらくさ》い奴だ。立ち退く気などないわい！」

「そうですか、斬られると痛いですよ。お願いできませんか？」

「うるさいッ！」

「仕方ありません」

重信は懐から紐を出して襷をし、もう一本で鉢巻をした。葦原の入口には百人を超える村人と門弟たちが集まっている。

源之丞と三郎が助太刀に出ようとするのを栄左衛門が止めた。

「怪我をするだけ損ですよ」

薫は気が気ではない。多勢に一人の戦いなのだ。

「薫、よく見ておきなさい。そなたの好きな男がどんな男か？」

「爺……」

薫の顔が赤くなった。

葦原が明るくなって静まり返る。烏帽子山から秋風がサワサワと吹き下りてくる。芒《すすき》の穂と葦の葉がなびいた。

「やれッ！」

浪人たちが一斉に太刀を抜いたり、槍を構えて重信を四方から囲んだ。圧倒的に不利な戦いである。

重信は鞘口を切って柄に手を置いた。乱取備前二尺八寸三分を抜く構えだ。

若造になめられてたまるかと男が刀を抜きざまに斬りかかってきた。

右から来た敵の太刀を、抜いた瞬間に弾いて敵の太股を薄く斬った。

続けざまに槍が動いた。

左から来たその槍を抑えて体をスッと寄せると二の腕を薄く斬った。二人がもんどりうって倒れる。

「この野郎ッ！」

前から太刀、後ろから槍が襲った。

素早く太刀の下に入って薄く胸を一文字に斬る。敵を殺さない。

反転すると槍を弾いて胴を薄く斬る。二人が葦の中に「ギャーッ！」と頭から突っ込んで行った。

左右から槍が突いてきた。

跳ね上げると脛を太刀の峰で強《したた》かに打ち、振り向きざまに槍を擦りあげて袈裟に薄く斬り下げた。

瞬間、六人を倒した。剣の乱舞だ。

「おのれッ！」

太刀が頭上から襲ってきた。

その刀を柔らかく受ける。

重信が太刀を擦り合わせると、瞬間、袈裟に斬り下げ薄く右胴を斬り抜いた。秘剣万事抜《まんじぬき》が七人目を斬り倒した。

血振りをくれて乱取備前が鞘に戻ってくる。

「この野郎ッ、できるぞッ！」

「気をつけろッ！」

その瞬間、重信が先の先で前に踏み込むと、スルスルと鞘走って横一文字に胴を薄く斬った。頭以外は殺す気がない。

動きが速い。反転、右の敵を二人斬って、後ろから襲いかかった槍を跳ね上げて太股を斬り、左の敵を三人倒した。

血振りで切っ先から血が飛び散る。十三人まで斬り倒した。

見ている者はあまりの凄さに息をするのも忘れている。隣の人の腕を掴んでブルブル震えている者もいる。薫はあまりの恐ろしさに膝から崩れ落ちそうだ。栄左衛門の腕にしがみついて震えていた。

重信をなめていた浪人が襲いかかる。

三人が同時に襲ってきた。

鞘走った乱取備前は速い。剣は瞬速が命だ。一人の腕を薄く斬り、もう一人を峰打ちにした。

怯えて一人が太刀を引いた。それを乱取備前が追う。

その時、傍の浪人がいきなり斬りつけた。

まだあきらめない敵が斜め後ろからも襲った。それを後の先で左肩から薄く斬り下げもう一人の足を斬った。斬られた者は痛い痛いの大騒ぎだ。

倒されて草原を転げまわる。

血振りをして鞘に納めると同時に、鞘走って棒立ちの二人を斬った。十九人目が仰のけに藪に吹き飛んだ。

「頭、こそこそと卑怯だぞ。まいれ！」

「くそッ！」

「そなただけは生かしておけぬ。閻魔大王に裁きを受けろ！」

「うるさいッ！」

重信は血振りをして鞘に納めてから鞘口を切った。

「この野郎ッ！」

もう、勝負がついているのに右から槍が襲った。その槍を弾いて踏み込むと腰を横に斬った。

もう一人も斬って鞘に納める。

「頭、そなたは卑怯者だ。斬られないですむ者が次々と倒れる。おぬしは逃げる気だ！」

重信が二歩、三歩と詰め寄った。

「待てッ！」

「待たぬッ、卑怯者が！」

「やりたくないッ！」

「それは駄目だ。こちらからまいる」

「おのれッ、イヤーッ!」

乱取備前二尺八寸三分が、襲いかかる太刀の下を横一文字に斬り上段から眉間を割り斬った。血飛沫が飛び散り即死だ。

残った四人が葦原の中に駆け込んで逃げて行った。

重信は追わずに逃がした。

血振りをすると懐から布を出して刀の血を拭う。

戦いが終わりフーッと重信が深い息をした。痛い痛いと言いながら斬られた浪人たちが、あちこちに転がっている。七転八倒の苦しみだ。金瘡《きんそう》は猛烈に痛い。

「甚助ッ!」

薫が飛んできた。

「触ると血に汚れますぞ」

「うん……」

「みなでこの者たちの手当てをしてもらいたい」

栄左衛門が村人に命じた。

「斬り捨てたのは一人だけです。後はみな浅手、掠り傷にございます」

「見事であった。あれは?」

「神夢想流、秘剣万事抜にございます」

「万事抜？」

「四方八方から襲い来る敵を斬り倒す技にございます」

「二十二人斬りだ。怪我はないか？」

栄左衛門が興奮している。

「ありません」

重信は掠り傷一つ負っていない。まさに神技というしかないと栄左衛門と弥左衛門は驚愕だ。

門弟たちも浪人の手当てに加わっている。

「痛い、痛いよ……」

「悪さをするからだ。馬鹿者が、掠り傷だわい！」

老婆に叱られて髭面の浪人も面目丸潰れだ。ぽろぽろ泣いている。

「痛いよ」

「馬鹿たれがッ、我慢しろや……」

金瘡は浅手でも相当に痛い上、放置すると腐って命を取られる。広場が痛そうな呻き声でいっぱいだ。

重信も手当てに加わった。

「師範代、家来にしてくれ、頼む……」

髭面の浪人が重信に願う。

「それがしに家来は必要ない。修行中の身だからな」

「それなら弟子にしてくれ、婆さん、痛いよ」

「動くからだ。我慢しろ、悪たれが！」

「弟子は小川さまにお願いすることだ。だが、相当に悪さをしたようだから引き受けてくださるまい」

「面目ない。道を間違えた……」

「お前はこの村に残って百姓をしろや？」

「婆さん、百姓は無理だぜ……」

「百姓は食うに困らねえぞ。侍より強いのが百姓だ。お前たちは刀を持っているから強いと勘違いしているのだわ」

「婆さん、そこんとこ痛いよ！」

「我慢しろ、意気地なしが……」

さんざん悪さをしてきた髭面の浪人は老婆に返す言葉がない。

剣の極意

重信の長屋住まいが気に入らない薫は朝早く長屋に忍んで来るが、そのうち、侍女二人を見張りにして深夜に長屋へ忍び込んでくるようになった。

愛し合う二人の逢瀬はそう長くはなかった。

数日は続いたが、半月を過ぎると栄左衛門が、雪の降る前に重信を赤井村に残して米沢に戻ると言い出した。

雪が降ると峠は通れなくなる。

「米沢へは春まで戻りません」

春になっても戻る気などない薫は激しく抵抗したが、弥左衛門夫婦に春になったら待っているからと説得された。もう、誰もが薫は重信を大好きなのだと分かっている。

この時、薫は重信の子を懐妊していた。

重信にも説得され薫は米沢に戻って行った。小川家の家臣と小者が二十人ほどで送って行った。

重信はひと冬を小川家で過ごした。

年が明けると楯岡の深雪が男子を出産した。この子は甚助と命名され、菊池家で育つがやがて林崎家の跡取りになった。

この家系は代々林崎甚助を名乗ることになる。

深雪は帰る当てのない重信を待つ覚悟だ。この後、深雪は千谷の方の侍女に上がって仕える。

会津赤井村の重信は多くの門弟を育てた。その中に例の髭面の浪人がいた。

浪人は老婆の家で傷の手当てを受けているうちに、老婆に説得され髭を剃って百姓になった。

老婆の家には出戻りだが美人の娘がいた。その娘と浪人が夫婦になったのだ。

春になると重信は大木三郎と二人で鹿島に旅立った。

米沢では会津に行きたい薫が大騒ぎだが、腹が膨れてきてとても峠を越えての旅などできるものではない。

そんなところに、赤井村の小川弥左衛門から、重信が鹿島に旅立ったと薫には最悪の書状が届いた。

会えないとなると会いたい気持ちがつのるのが人の常だ。

薫の子が重信の子だと誰もがわかっている。大泣きするのを侍女たちではとてもなだめられない。

「薫や、甚助殿のあの剣を、赤井村で見たであろう」

「爺……」

泣きながら栄左衛門に抱きつくが、どうにもならないことはどうにもならない。

「泣くな、泣くな。あの剣はな、神から授かった剣で、出羽には収まらないから天下に出て行ったのだ。分かるな？」

「うん……」

「そなたの腹が膨らんできたのも神さまの仕業だから仕方がない。甚助殿は必ず戻ってくるから、丈夫な子を産んで待つしかない。辛いがのう」

「爺、助けて……」

「うん、うん、心配ない。丈夫な子を産めよ」

「うん……」

栄左衛門に説得されて渋々薫は納得する。

重信は鹿島に向かっていた。

この頃、公家大名の北畠具教を訪ねて会見した上泉伊勢守は、奈良の柳生宗厳《やぎゅうむねよし》を紹介される。

上泉伊勢守は五十六歳の老人だった。

柳生宗厳は三十七歳でその強さは伊勢や大和、京などに五畿内随一の腕と聞こえていた。

二人は奈良の宝蔵院《ほうぞういん》で会った。

腕に自信のある柳生宗厳は、上泉伊勢守に試合を申し込む。宝蔵院胤栄《いんえい》はこの試合を許した。

「柳生殿、それがしの弟子、疋田景兼《ひきたかげとも》とまず立ち合って下され、その後で……」

疋田はまだ二十七歳で伊勢守の姉の子だ。凄腕と知られる新陰流の高弟である。この伊勢守の申し出を自信満々の柳生宗厳は侮辱と思った。

それでも、疋田と立ち合うことを了承した。

二人は対峙したが、剣豪柳生宗厳は疋田景兼に一本目も、二本目も三本目も勝てなかった。

二人の力の差は歴然としている。

後に新陰流の免許皆伝を許される柳生宗厳は凡庸ではない。力の差を認め即座に伊勢守に弟子入りを申し出た。

この疋田に勝てなかったことが柳生新陰流のもとになる。

やがて柳生新陰流は家康に認められ、徳川幕府の中で宗厳の子、柳生宗矩《むねのり》が政治的力を持つことになり大名にまでなった。

柳生宗厳は上泉伊勢守を柳生の里に招いた。

後に、徳川家康がこの疋田景兼を徳川家に招かなかったのは、疋田景兼が織田中将信忠《のぶただ》や豊臣秀次《とよとみひでつぐ》、黒田長政《くろだながまさ》の剣術師範を務めたからだ。

あまりに強すぎたからかも知れない。

家康は実にへそ曲がりでそういうところがあった。

柳生家は宣伝上手でもあった。

疋田景兼は柳生の里で叔父の上泉伊勢守と分かれ廻国修行の旅に出る。

疋田は柳生宗厳に勝ったことで、この後、江戸期に柳生家が力を持つようになると、各方面からありもしないことを酷評されることになる。

それでも、疋田は気にせず柳生家と付き合い、剣の修行に熱心で鹿島の新当流なども学ぶことになる。

何年も廻国修行をした疋田景兼は細川家に仕えるが、数年で禄を返上し剃髪、栖雲《せいうん》斎《さい》と号してまたまた廻国修行に出た。

その後は小倉に移った細川家に再度仕える。

叔父の伊勢守に遠慮して流派を立てなかったが、その死後に弟子が新陰疋田流を創始した。

会津赤井村を大木三郎と出た重信は、常陸の南端鹿島神宮にいた。

鬱蒼たる大森林の中に鹿島の神々が鎮まっている。巨木の参道に神々の息吹が満ち溢れていた。

荘厳な佇まいの御社だ。

この鹿島神宮の祭神は武甕槌《たけみかづち》神で武神とも雷神とも軍神ともいう。鹿島神宮は香取神宮と並び称され一対の存在とされる。

塚原土佐守は鹿島神宮の神官の一族で、鹿島家の四家老の一人卜部覚賢《うらべのあきかた》こと吉川《よしかわ》覚賢の次男として生まれた。

父覚賢の剣友塚原新右衛門《しんえもん》安幹《やすもと》の養子になる。

塚原家は鹿島家の分家だった。

重信が訪ねたこの頃、土佐守は隠居して卜伝と号していたが、これは生家の卜部家に由来するという。

卜伝は実父から鹿島古流を、義父から香取神道流を学んだ。

若い頃、十六歳で剣の廻国修行に出た卜伝は京の辺りで、あまりに多い戦場の死人を見てしまう。

心が乱れ、廻国修行を途中で切り上げて鹿島に戻ってしまった。

これを心配した養父と実父が相談、鹿島きっての剣の使い手で、鹿島城の家老でもある松本政信《まつもとまさのぶ》に預けた。

おのれの不甲斐なさに卜伝は打ちのめされ、死を覚悟して鹿島神宮に千日参籠を決意する。

三年に及ぶ参籠で卜伝は神からお告げを授かる。それは「気持ちを一新して再出発しなさい」というものだった。

決意した卜伝は鹿島を旅立ち、九州から奥州まで十年の廻国修行をし、鹿島に戻ると塚原城の城主になった。

以来、戦わずして勝つ兵法を目指す。

真剣の立ち合いが十九度、戦場を踏むこと三十七度だが一度も不覚を取らず。木剣での打ち合いは数百度だが一ヶ所も傷を負うことなし、立ち合いと戦場で手に掛け命を奪った者二百十二人という。

この頃、卜伝は八十人余の門人と大鷹三羽、替え馬三頭を引き連れた最後の廻国修行を終わって鹿島に戻ってきていた。

楯岡城下で重信と立ち合った土佐守の弟子、南条又右衛門《なんじょうまたえもん》も鹿島の道場に戻ってきている。

「御免ッ！」

重信と三郎が鹿島新当流の道場の玄関に立った。

大きく立派な道場だ。

隠居した卜伝は城には行かず道場で過ごしている。

「オーッ！」

野太い返事がして門弟が顔を出した。

「出羽からまいりました林崎甚助と申します。南条又右衛門さまはおられましょうか？」

「南条殿のお知り合いか？」

「はい、出羽楯岡城下にてご指南いただきましてございます」

「さようか。南条殿のお弟子か、しばらく待て！」

道場から凄まじい打ち合いの音が聞こえる。気持ちのしっかりしていない武芸者はト伝の名と、この道場の活気を聞いただけで引き返してしまいそうだ。

この時、塚原ト伝は七十五歳の高齢になっていた。

その弟子は多く、将軍義輝を始め北畠具教、上泉伊勢守、軍師の山本勘助、義元の子今川氏真、大名の細川藤孝《ふじたか》、雲林院弥四郎《うじいやしろう》、松岡兵庫助《まつおかひょうごのすけ》、斎藤伝鬼坊《さいとうでんきぼう》、忍《おし》城主成《なり》田長勝《たながかつ》、真壁氏幹《まかべうじもと》、師岡一羽《もろおかいっぱ》など歴々の剣豪ばかりだ。やがてそこに林崎甚助も数えられることになる。

「おうッ、浅野殿ッ、よく訪ねてくれた。上がれ、上がれ！」

南条又右衛門がよろこんで重信を道場に招き入れる。

百人もの門弟が犇《ひし》めいて大混雑の道場で、重信と三郎が末席に座ってしばらく稽古を見ていた。

鹿島新当流の開祖であり、兵法家でもある卜伝は戦わずして勝つことを、兵法の極意と考えている。

ある時、廻国修行の途中、琵琶湖の舟に同乗になった若い修行者と話すうち、卜伝と知った若者が卜伝に決闘を挑んだ。

だが、卜伝は応じようとしない。

この頃、名高い剣豪を倒して、世に飛び出そうとする若者があちこちにウロウロしていた。

名を挙げれば高禄で仕官できるからだ。

決闘を受けようとしない卜伝に血気盛んな若者は、臆病風に吹かれたかと勢い付いて愚かにも卜伝を罵倒した。

だが、怒ることなく、卜伝は周囲に迷惑をかけたくないと考え、近くの島で決闘することに同意した。

「あの小島の浜でどうか?」

「おう、いいだろう!」

「よし行こう」

小舟に二人だけで乗り移って小島に向かう。

舟を漕ぎ寄せると水深を見計らって、はやる若者は舟から飛び降りると、急いで島へ走って上陸した。

当然、卜伝も上陸すると疑わない若者が舟を見ると、櫂を握った卜伝が舟を沖にこぎ出している。

「卑怯者ッ、逃げるかッ！」

若者が地団駄を踏んで罵るがむなしい。

「戻れッ、返せッ、卑怯者ッ！」

「若いのッ、これこそ鹿島新当流の兵法だッ。わかったか！」

「何が兵法だッ。卑怯者ッ、戻れッ！」

「戦わずして勝つッ、これこそ無手勝流《むてかつりゅう》だわな、覚えておけッ、アッハッハッハッ……」

大笑いが湖面に流れて行く。

「この野郎ッ、卑怯者ッ！」

島から遠ざかる卜伝に罵声が飛んできた。

この無手勝流は重信の「居合とは人に斬られず人斬らずただ受け止めて平らかに勝つ」と同じ思想だ。

重信は剣と人の美と品位、風格、仁徳、威厳、見識を身につけ、剣に触れず、剣を抜かないことを極意と考えている。

邪心は仏心鬼剣を以て断魔す。

稽古が終わると重信は南条又右衛門の長屋に入って旅装を解いた。

「何んとも多い門弟にございます」

「入道さまを慕って、多くの武芸者が諸国から訪ねてまいられるからな」

門弟は卜伝を入道さまと呼ぶ。

「北は陸奥、西は九州、入道さまは諸国に鹿島新当流の種を蒔いてこられたからな。お弟子の数は数えきれないほどでござる」

「確かに……」

大木三郎は道場の勢いに圧倒されて緊張している。重信は又右衛門に改姓して林崎と名乗っていることを話した。

「そうですか。あの神社の名を、なるほど、いずれその神夢想流居合を拝見したいが？」

「よろこんで……」

「出羽は懐かしい。良い廻国修行になりました」

旅の草枕は何年たっても旅人の心を和ませ癒してくれる。

二章　神々の舞

一之太刀

その夜、南条又右衛門の長屋にひょっこり卜伝が現れた。

「入道さまッ！」

三人は仰天して卜伝に平伏した。卜伝の後ろに松明を持った老人の小者が立っている。

「そなたが浅野殿か？」

「はい、林崎甚助重信と改めましてございます」

「そうか……」

顔を上げた重信を見て卜伝がニッと不思議な笑みを見せた。重信も又右衛門もなぜなのか分からない。

「甚助、余についてまいれ……」

「はッ！」

「入道さま？」

「よい、甚助一人でよいのだ」

又右衛門を制して卜伝が外に出た。卜伝が長屋に現れたのは初めてだ。卜伝が道場に出るのも滅多にないことで、卜伝に手を見てもらうことなど不可能なのだ。

その卜伝が自ら足を運んで長屋に来た。

理解不能である。

又右衛門と三郎はただ驚くばかりだ。

「甚助、その太刀は長いな？」

「はい、楯岡城主因幡守さまから賜りました。銘はございませんが乱取備前と申します」

「無銘の備前物か？」

「はい、そのように聞いております」

二人は夜道を話しながら歩いた。

「余はそなたの名を二度聞いた。一度は北畠中納言さまから、もう一度は先の大納言勧修寺さまからじゃ。それで現れるのを待っていた」

「恐れ入ります」

「神夢想流居合という不思議な剣法を使うそうだな？」

「神伝にございます」

「その神伝を見せてくれるか？」

「よろこんで仕ります」

二人の公家から話を聞き、卜伝は若くして神夢想流を創始した重信に興味を持っていたのだ。

その重信が鹿島に現れた。

勧修寺尹豊と北畠具教が詳細を卜伝に話していた。

「余がそなたと同じ歳ごろには、諸国を巡って修行をしておった。旅は良い。ことに若い時の旅は人を大きくする」

話しながら卜伝は鹿島神宮に向かっていた。

卜伝には妙《たえ》という妻がいたが子は無く、既に、妙は亡くなって城は養子の幹重《みきしげ》に譲っている。

鹿島神宮の境内に入ると小者の老人が、杉の葉や小枝を集めて小さな焚火にした。

その火の傍に老人が持ってきた床几を据えると卜伝が座った。

「それではご披露仕りまする」

地面に正座して卜伝に一礼し、鞘口を切ると立ち膝になり同時に抜いた。切っ先が炎を斬るように伸びる。その剣先に炎が残った。

重信は静かに炎を斬った。神の剣だ。

「エイッ！」

静中に動、動中に静、緩急、強弱、遅速、陰陽と舞うように神伝居合抜刀表二十二本を披露した。

「これより秘剣、万事抜をご披露仕ります」

重信は乱取備前を中段に構えた。

「オウーッ！」

居とは体のあるところ、心のあるところ、合とは来れば迎え、去れば送る臨機応変、四方八方の敵に懸待《けんたい》表裏、瞬間に同起する。

一振りごと丁寧に剣を振るい無心に舞った。スサノオと共に舞う舞だ。天空へ無限に広がって行く舞だった。

血振りをした剣が静かに鞘に戻る。揺れる炎が卜伝の顔に浮かんだ驚きを映した。

「終わりましてございます」

「うむ……」

卜伝は暫く考えていた。二人の傍で斬られた炎が揺らいでいる。

鹿島の神々の庭は清浄にして静寂だ。穢すことを許さぬ凜《りん》とした空気が張り詰めている。

「甚助、一之太刀を伝授しよう」

「はッ、有り難く存じます」

神夢想流居合を卜伝は神の剣と認めた。剣聖塚原卜伝にして見たことのない見事な剣技だと思った。

やがて剣神となる重信の爽やかな、清々しく美しい神の技に、卜伝は若き日を思い出し感動していた。

床几から立った卜伝は背筋が伸び若々しい。

杖を握って炎の前に立ち、重信に一之太刀の伝授を始めた。初めて会った剣士に秘伝の一之太刀を伝授したことなどない。

二人だけの秘技は深夜を過ぎて行われた。鹿島神宮の神の庭に小さな炎が微かに揺れている。

一之太刀は鹿島新当流の神髄だ。老剣士が若き剣士に授ける魂の秘剣だった。

静かに夜が更けていった。暗く月はない。星屑がしきりに杉の巨木の梢に降り注いでいる。

「甚助、鹿島に暫くいるか？」

「老師のお許しをいただけるのであれば、そのように考えております」

「そうか。三年ほどいたせ……」

「はッ、畏まってございます」

「火は土に埋めておけ……」

老人にそう命じて卜伝が歩き出した。

「剣は邪念のない気品が第一じゃ」

「はい、肝に銘じまする」

「剣はおのれの魂との話し合いでもある」

「生涯の戒めにいたします」

卜伝は孫のような重信に歩きながらポツポツと重要なことを話した。それは鹿島新当流の極意を語っているようだ。

重信が長屋に戻った時、又右衛門と三郎は起きて待っていた。

「入道さまに神夢想流をご披露申し上げた」

「そうか。それで何んと申された？」

又右衛門はもう何年にもなる門弟だが、まだ、卜伝に手を見てもらったことがなく、ましてや一之太刀の伝授もない。

「剣はおのれの魂との話し合いだと仰せられた」

「おのれの魂との話し合いか？」

「間違いなくそのように……」

「今夜は眠れないな。魂との話し合いか？」

ブツブツ言いながら又右衛門は横になると寝てしまった。重信と三郎も旅の疲れで横になった。

翌朝から重信と又右衛門、三郎の猛稽古が始まった。

相変わらず卜伝が道場に現れることはない。

猛烈に暑い夏が来ると重信と三郎は海に出かけたり、門弟たちと川干しをして魚を獲ったり、楽しい日々が過ぎて行った。

米沢では男の子を産んだ薫が重信の帰りを待っている。栄左衛門に説得されても会いたいものは会いたい。もう帰ってもいいのになどと怒ったり、寂しいと泣いたり忙しいのだ。

まだ十五歳の薫は愛する重信だけが全てだ。

重信も薫を愛している。

その重信は薫を愛して固執すると、母と同じように神の怒りに触れて、薫が神に連れて行かれるという恐怖が脳裏から離れない。

母子二人だけで生きてきたのに、重信の迷いが神の逆鱗に触れた。荒ぶる神はいとも簡単に母の命を奪った。

二度とあの苦しみは嫌だと思う。

夏が過ぎ、秋が過ぎて冬になった。連日、新当流道場の猛稽古は朝早くから始まる。

この道場は元は二十数町北の塚原城の近くにあったが、今は鹿島神宮の傍の卜伝の生家である卜部家の近くに移ってきた。

その三、四町西には鹿島城がある。

卜伝の主家である鹿島城の鹿島家は、この五年後に家督相続争いを起こして、急激に衰退することになる。

乱世は例外なく各大名家に襲いかかっていた。

栄枯盛衰である。

猛稽古の甲斐があって大木三郎が猛烈に強くなった。弥左衛門に重信との同行を命じられ張り切って赤井村を出てきた。

戻るまでに腕を上げたいと思う気持ちが強い。それが三郎を強くした。

年が明けると重信と又右衛門、三郎の三人は暗いうちに長屋を出て、鹿島神宮の南西三里半余の下総香取神宮に参詣。

そこから六里ほど南西の成田不動尊まで来て一泊した。

香取神宮も武神と言われる。剣の道場などには鹿島大明神と香取大明神が並ぶことが多い。

成田山新勝寺は、朱雀《すざく》天皇の天慶三年（九四〇）に、将門《まさかど》の反乱で困った朝廷が平将門を調伏するために開山された。

三人はたっぷり正月を楽しんで鹿島に戻った。鹿島神宮では一月七日に本殿の開錠の儀式を行う。

道場は正月三日までが休みで道場開きと同時に猛稽古が始まる。

その頃、京の将軍義輝の二条御所で、上泉伊勢守五十七歳と丸目《まるめ》蔵人佐《くらんどのすけ》二十五歳が将軍に拝謁していた。

将軍義輝は卜伝から一之太刀を伝授された直弟子で剣豪将軍と呼ばれている。この時、幕府を揺るがす重大事が進行していた。

前年の八月二十五日に、剣豪将軍と二人で乱世を終わらせるだろうと、その能力を嘱望されていた三好長慶《みよしながよし》の嫡男、義興《よしおき》が二十二歳の若さで急に病死した。

聡明な二人のうち義興があっけなく死んだ。

乱世は不運だった。

最高実力者の三好長慶は一人息子の死で、脳天を一撃され、見るも無残な落胆でたちまち呆けたようになった。

乱世で実力者不在というのは危険だ。

その空白に次を狙う権力亡者たちが次々と出現する。

この時とばかりに将軍義輝は、最も危険な将軍親政を考え始めた。それがやがて命取りになる。

その義輝が伊勢守と丸目蔵人佐と会った。

蔵人佐はわずか三年で、伊勢守の新陰流の四天王にまでなった凄腕だ。それはまさに天才としか言いようがない。

蔵人佐は将軍義輝に新陰流を披露し、伊勢守が兵法を披露した。

これに満足した義輝が感状を与える。この後、丸目蔵人佐が一旦九州の肥後に帰って行った。

ところがこの年七月になって、最悪の事態が起きた。三好長慶が息子の死から一年を待たずに落胆のあまり死去したのだ。

この権力の空白は危険だった。その空白を若き将軍義輝は、念願である将軍親政で埋めようとした。

常陸鹿島にいて、卜伝は弟子の将軍義輝の動きを心配している。

将軍義輝が急ぎ過ぎているように見えた。だが、義輝は将軍が権力を取り戻すのに絶好の機会だと考えている。

三代将軍足利義満《あしかがよしみつ》以来の逸材と期待される剣豪将軍は、三好長慶の死を改革のための天佑と感じた。

その考えは命取りになる危険をはらんでいた。

鹿島の道場ではいつもの猛稽古が続いている。会津から鹿島に来て一年ほどになる重信と三郎は、新当流を身につける稽古に明け暮れていた。

そんな時、常陸の隣、下総の香取東庄《とうのしょう》の住人で、凄腕という剣客東下野守元治《とうしもつけのかみもとはる》が、弟子の田宮平兵衛を連れて鹿島に現れた。

その強さは常陸や下野で広く知られている。

「老師、お久しゅうございます。無事のご帰還、おめでとう存じまする」

「うむ、最後の廻国じゃった」

東下野守の挨拶に卜伝は弱気なことを言った。

「何んの、まだ五年や十年の廻国は、お元気ですから！」

「一度、京に行きたいのだが……」

「それがしがお供仕りましょう」

「それは有り難い。ところで下野守殿、何か聞いていないか？」

「将軍さまのことにございますか？」

東下野守は卜伝の心配ごとを聞いた。

「三好長慶が死んだと聞いたでな」

「その穴を誰が埋めるかですが、長慶の家臣、松永弾正《まつながだんじょう》が亡くなられた三好義興さまと同格の扱いを受けておったと聞きましたが……」

「松永久秀《ひさひで》か、相当に悪いとも聞こえてくるがのう？」

「いかにも、評価は相半ばより悪い方かと見ております」

二人が京の情勢をひとしきり話してから、卜伝が重信のことに話柄を変えた。

三本勝負

卜伝は重信と東下野守を立ち合わせようと思いついた。下野守はこれまで重信が戦った相手で最強となる。

「出羽から来た若い修行者で強いのがいる。立ち合ってみないか？」

「出羽にございますか？」

「さよう。まだ二十二、三だが、筋の良い剣を使う」

「よろこんで！」

「そうか。では、明日の朝、明け六つに鹿島神宮で？」

「承知いたしました」

下野守が快く立ち合いを了承した。すぐ、卜伝の使いが来て立ち合いのことが重信に伝えられる。

翌早朝、重信は三郎と又右衛門を連れて、明け六つ前に鹿島神宮の境内に向かう。

早起きの卜伝が小者の老人ときて、境内に床几を据えて座っていた。

三人が卜伝に挨拶して、重信が懐から紐を出して襷をかけ、鉢巻をして草鞋の紐を確かめ支度を終わった。

そこに田宮平兵衛を連れた下野守が現れた。

「甚助、東下野守だ」

「はい……」

重信が東下野守に一礼した。

「神夢想流、林崎甚助にございます」

「うむ！」

眼光鋭く殺気が漲《みなぎ》っている。

「三本勝負だ……」

杖を握って卜伝が立ち上がる。

重信は乱取備前を三郎に渡して木刀を握った。既に戦いが始まっている。相手の持つ力量がピリピリと伝わる。

二人が対峙して一礼。

「始めなさい」

卜伝の合図で重信は木刀を中段に構えた。下野守の木刀は殺気を放って重信に迫ってくる。この人は強いと感じた。

剣先が動いて下野守が重信を誘う。徐々に間合いを詰める。

重信も一歩前に出た。いつもの迎え撃つ構えだ。相手の打ち込みを待っているが、それに気付いた下野守は動かない。

重信の力量をすぐ見抜いている。

対峙した者だけに分かる相手の力量だ。

下野守の木刀がスーッと上段に上がった。だが、踏み込んでこない。誘いの上段だ。すぐ静かに中段に戻った。

その瞬間、下野守の木刀が重信を襲った。

さすがに鋭く踏み込んできた。

一瞬、重信が遅れたかに見えたが瞬間に同起、後の先を取った重信の木刀が、振り下ろされる木刀を弾いて踏み込んだ。

下野守の左胴から横一文字に真っ二つに斬り抜いた。

神伝居合抜刀表一本水月《すいげつ》、よろっと下野守が片膝をついた。

下野守の高弟田宮平兵衛が眼を見開いて、前に出ようとするのを卜伝が杖で抑えた。

「もう一本」

「承知！」

下野守が立ち上がると、再び二人が向き合った。下野守がゆっくり右へ右へと回り込んで重信の左を抑えてくる。

その動きに合わせて重信も回る。瞬間、下野守が踏み込んで逆袈裟に斬り上げた。

勝負を急いだ。

それを軽く弾くと同時に重信が踏み込んで、体当たりするかと思われたが、強烈に下野守の木刀を叩き伏せ逆袈裟に斬り上げた。

神伝居合抜刀表一本 劔砕《つるぎくだき》、下野守が木刀を落とし転びそうになった。

剣を落とすとは不覚。

そこは下野守も剣豪だ。重信の不思議な剣法を学ぼうとする。勝てる相手ではないと分かった。

「もう一本、お願いいたす！」

「承知いたしました」

三度目の立ち合いだ。何んとか一本取りたい下野守は慎重になった。

すると重信が相手の動きを見て先の先で踏み込んだ。

下野守が受け止めて鍔競り合いになる。瞬間、離れ際に重信が袈裟に斬り下げた。

神伝居合抜刀表一本龍虎《りゅうこ》、下野守が左肩から斬り下げられた。ついに下野守が両膝をついて「まいった！」という。

「それまでだ」

卜伝が下野守を見てニッと微笑んだ。

「どうじゃな下野守殿？」

「まいりました。ただいまより林崎殿の弟子にさせていただきます」

「おう、それはいい、平兵衛、そなたも甚助の弟子になれ」

「はい、仰せの如くに……」

ニコニコと卜伝は上機嫌だ。

この後、東下野守は重信から神夢想流を学び、居合神明夢想東流を創始、ここから水鷗《すいおう》流や関口《せきぐち》流という多くの流派が生まれ広がることになる。

上野岩田村の出である田宮平兵衛は剣の秀才で、その剣技の美しさから「美の田宮」と言われ抜刀田宮流の開祖となる。

下野守と平兵衛を入れて、重信の稽古はいよいよ激しくなった。天下無双の塚原卜伝道場に若き龍がいると噂された。

猛稽古が続いて年が明けた。

永禄八年(一五六五)は足利幕府にとって運命の年になる。滅亡か存続かの危機だ。

奈良宝蔵院で上泉伊勢守の弟子、疋田景兼に勝てなかった柳生宗厳は、伊勢守の弟子になって新陰流を学んだ。

柳生宗厳は三十九歳になっていた。

四月に伊勢守は宗厳の力量を認め、免許皆伝と一国一人の印可が相伝され、柳生宗厳は新陰流二世と認められた。ここに柳生新陰流が誕生する。

その一ヶ月後、京で大事件が勃発した。

五月十九日に清水寺の参詣を名目に集まった松永、三好軍一万人が将軍義輝の二条御所に襲いかかった。

松永久秀の子久通《ひさみち》、三好長慶の養子義継《よしつぐ》、三好三人衆といわれる三好長逸《ながやす》、三好政康《まさやす》、岩成友通《いわなりともみち》などが率いる大軍だ。

二条御所には将軍義輝の近習や側近、幕府の奉公衆などわずか数百人しかいない。

この襲撃は予測された。

数日前、義輝は一旦御所を出て洛外に出たのだが、家臣に「将軍が京を離れるのはいかがなものか?」と反対され、前日に御所へ戻ってきていた。

そこを襲われた。

剣豪将軍は逃げることも降伏することもなく、剣豪らしく堂々と戦う決意をして大軍を迎えた。

一万の大軍にわずか数百人の寡兵では籠城もままならない。だが、将軍義輝は塚原卜伝から一之太刀を伝授された直弟子の剣豪だ。

際限なく押し寄せる敵を相手に義輝は凄まじい戦いを見せる。

名刀、名槍を各部屋に支度すると、切れなくなれば太刀を捨て、折れれば槍を捨て、新たな太刀を握っては、次々と押し込んでくる敵兵を倒していった。

将軍との戦いで死傷した敵は百人を超え誰も近づけない。

獅子奮迅、鬼の形相の将軍はまだ三十歳だった。幼い家臣の糸千代丸《いとちよまる》も殺され、血みどろの戦になって、将軍義輝は御所の奥へ奥へと追い詰められた。

次の間が仏間でそこには自害を覚悟した生母がいる。

「母上ッ、おさらばでござるッ！」

両手に太刀を握って義輝は五十人を超える敵に向かって行った。

「下郎ッ！」

右を斬り、左を斬り前を突き、振り向いて後ろを斬る。

剣豪の死の舞は凄まじい。

ダーンッ！

銃弾が将軍の肩を弾き飛ばす。だが、剣豪は倒れない。

「畳を持って来いッ！」

「畳で四方から取り囲めッ！」

あまりに多い犠牲に敵将は非常の手段を取った。

畳が剝ぎ取られ、兵たちが恐るおそる四方から将軍を囲んで追い詰める。その畳の下から槍が将軍の足を払った。

「アッ！」

将軍が転んだ瞬間、畳が何枚も襲いかかって将軍を押し潰し、四方八方から太刀や槍が突き刺さった。

さすがの剣豪将軍もなすすべなく討死した。

この将軍義輝の暗殺が、義元を倒し尾張と美濃を統一した織田信長を、天下へ押し上げることになる。

将軍義輝の死に卜伝は激怒。

「天下を私曲するとは何事かッ！」

傍にいる者がひっくり返りそうな怒りだった。

卜伝も乱世を終焉させることを義輝に期待していたのだ。それが露と消えた。その無念さは計り知れなかった。

栄達を望まない重信は権力に近付く気はない。

そんな天下の激動を冷静に見ている。

八月になると上泉伊勢守が奈良に現れ、宝蔵院胤栄に新陰流の印可状を渡して立ち去った。

その上泉伊勢守の弟子丸目蔵人佐長恵《ながよし》が、年明けと同時に九州から上洛してきた。

蔵人佐は弟子の丸目寿斎《じゅさい》、丸目吉兵衛《きちべえ》、木野九郎右衛門《きのくろうえもん》らを連れて不思議なことを始める。

愛宕山、清水寺、誓願寺などに高札を立てた。

その立て札には兵法天下一と大書して、諸国の武芸者や通行人に、正々堂々の真剣勝負を挑んだのだ。

これを見た者は仰天した。

相当腕に自信のある者でも、兵法天下一の高札に尻込みする。

誰も名乗り出るものがいなかった。

この年、永禄九年（一五六六）九月二十九日、上野の箕輪城が武田信玄の猛攻を受けて耐えられずに落城した。

父業正の亡き後、若き城主長野業盛はよく戦ったが、相手が武田信玄ではいかんともしがたく勝てない。

父の位牌に挨拶するとその前で腹を斬って自害した。十九歳だった。

この時、一族の長野出羽守業親は嫡男十郎左衛門業真《じゅうろうざえもんなりまさ》を城外に出して逃がした。長野十郎左衛門はまだ十二歳だった。

家臣と二人で十郎左衛門は北に逃げた。二人は会津赤井村で小川弥左衛門に半月ほど世話になり、その紹介で出羽米沢に向かっていた。

その頃、三年間の鹿島での修行を終えた重信が、三郎と田宮平兵衛を連れて上野の岩田村を目指していた。

岩田村は平兵衛の産まれた村で、その田宮平兵衛は不思議な男だった。

重信から神夢想流を学んで二年になるが、これまで何をしてきた男なのかよく分からないのである。

誰にも自分の素性を語らない。

ただ、平兵衛の剣技は実に美しかった。

重信も気に入っていた。後に美の田宮、位の田宮、抜刀の妙、神に入るとまで言われる剣豪になる。

その平兵衛は小田原の北条家のことに妙に詳しかったりする。

重信は気にもせず平兵衛を連れて歩いた。歳もはっきりしないが弟子として重信によく仕えた。

三人は岩田村から会津の赤井村に向かった。

田宮平兵衛

会津の冬は早い。

重信は小川屋敷の道場でひと冬を過ごした。

ここで重信は薫が男子を産んだことを知る。薫が待っていることは分かったが道場で猛稽古を続けた。

春になって峠が開くと三郎を赤井村に残し、重信は平兵衛と二人だけで白布峠を越えて米沢に入った。

懐かしい杉の大木だ。

重信が道場に入るとすぐ栄左衛門が現れた。

「ただいま戻りましてございます」

「おう、甚助殿、鹿島はどうであった?」

「はい、鹿島新当流をお教えいただき、土佐守さまから一之太刀を伝授していただきました」

「ほう、さようか!」

傍で聞いていた平兵衛が驚いた。重信が卜伝から一之太刀を伝授されたとは聞いていなかったからだ。

重信は栄左衛門の隠居屋敷で夕餉《ゆうげ》を取ったが、藤左衛門は姿を見せても肝心の薫は現れない。

「甚助殿、薫が忘れられてしまったのだと怒っていてな？」

「はい、そのようでございます」

「そなた、薫に殺されるぞ」

栄左衛門がニッと笑って重信を脅かした。

「覚悟しております」

「そうか。こういう時はな、いい方法がある」

「いい方法？」

「それはな、夜中に忍んで行けばいいのじゃよ」

「夜中に？」

「薫を抱いてやれ、いっぺんに機嫌が直るわな」

何んとも大胆不敵、孫娘に夜這いしろと言うのだから驚くしかない。

「薫は子を産んでいい女になってきた。そなたを待っているのだ。いいな？」

「はあ……」

いいなと念押しされてもそういうことができる重信ではない。

その夜、勇気を出して薫の寝所近くまで行ったが、そのまま引き返して長屋で寝てしまった。

その気配を薫は起きていて感じていた。

男と女というものはなかなか厄介で、栄左衛門の言うようにそう易々と行くものではない。滑稽にさえ見える。

傍から見ているともどかしいが、当人同士はいたって大真面目なのだ。

翌朝、栄左衛門と重信の朝餉に、薫は顔を見せたが重信の顔も見ないしツンツンして話もしない。

本当は「甚助！」と飛びつきたいのだが何んとも具合がよくない。

「甚助殿、そなた、行かなかったのか？」

「途中まで行きましたが……」

「そうか、駄目か……」

栄左衛門は知らぬ顔になった。

触らぬ神に祟りなしを決め込んだ。だが、惚れ合い愛し合い、子までいる二人に技はいらない。

膳を下げに来た薫に重信が「着替えはあるか？」と聞いた。

知らぬ顔の薫が部屋を出て行った。

それを見て栄左衛門が座を立って消えた。部屋に重信一人になった。そこに着替えを持って薫が入ってきた。

「薫……」

重信が腕を引いて抱きしめた。

「子は？」

薫が泣きながら何も言わず重信の首にしがみついた。

「辛い思いをさせたな」

首を激しく振って薫が重信を抱きしめる。

薫は十五歳で子を産み、頼りの重信がいないまま子育てをしてきた。その寂しかった気持ちを重信にぶつけた。

この年の春二月、上泉伊勢守は弟子の丸目蔵人佐に目録を与え、十月には印可状を与えた。

蔵人佐は弟子を連れて九州に戻る。

米沢の森道場では、上野箕輪城から逃げてきた長野十郎左衛門業真十三歳が稽古をしていた。

同じ上野の岩田村の田宮平兵衛を知ると二人が猛稽古を始め、十郎左衛門が美しい剣技に魅了されて平兵衛の弟子になった。

この二人は後に重信の後継となり、開祖林崎甚助源重信、二代田宮平兵衛重正、十郎左衛門が名を変えて三代長野無楽入道槿露斎となる。

不思議な運命の糸であった。

十郎左衛門は居合無楽流を開き、彦根城主井伊直政《いいなおまさ》に仕え五百石を与えられ、九十歳の長寿を得る。

また、上泉伊勢守の孫上泉秀信が無楽斎から神夢想流を学び、上泉夢想流居合を開くことになる。

重信は神の剣技である神夢想流居合に、免許や目録などの皆伝や印可を置かず、誰でも自由に学び名乗ることを許した。

それが神の意思だと考えたからだ。

薫と重信は相思相愛で幸せな日々が流れた。

再び懐妊した薫は年が明けると男子を産んだ。

上の子は林崎を名乗って米沢に残り、この次男もやはり林崎を名乗ったが、伊達家が仙台に移ると共に移転することになる。

重信はまた神の怒りに触れた。

出産したばかりの薫が産褥熱に侵され、数日、病臥しただけであっけなく亡くなったのだ。二十歳になったばかりだった。

母に次いで、いとも簡単に薫をスサノオに奪われた。荒ぶる神は重信の裏切りを絶対に許さない。重信には神との約束を果たすまで安住の地などない。

呆然自失、あまりの悲しみに、重信は最早これまでと絶望し腹を斬ろうとする。それを止めたのが栄左衛門だった。

「甚助殿、そなたが腹を斬っても薫は生き返らぬ。二人の子を残すためにこの世に生まれてきたのだ。それが薫の運命だ。そなたも天に与えられた使命に生きろ……」

栄左衛門の重く厳しい言葉だ。

「子どものことは心配ない。そなたは剣士なのだ。旅立て、ここはそなたのいるところではない。いずれ旅の途中、薫に会いに来ればそれでいいから……」

赤井村で重信の二十二人斬りを見た栄左衛門は、あの重信のたぐい稀な才能を惜しんだ。

「すぐ、旅立て……」

栄左衛門の眼に涙が浮かんでいる。重信に選ぶべき言葉がない。愛する薫の面影を抱いて旅立つしかない。

「死ぬな。生き抜くのだぞ」

重信は栄左衛門に励まされ、深い悲しみを抱いたまま旅立つことになった。

田宮平兵衛と長野十郎左衛門を連れて米沢を後にした。北の楯岡には向かわず京を目指すことにした。

三人は上野から武蔵に出て、小田原から箱根に行き東海道を西に向かおうとした。

この頃、乱世は苦悶のうめきを上げながら大きく動こうとしていた。

それは将軍義輝が暗殺されて三年が経ち、織田信長が尾張統一に成功し、天下に台頭しつつあったからだ。

応仁以来の乱世は大混乱の殺し合いが続き、終焉の影さえ見えず、間もなく百年を迎えようとしている。

戦いに巻き込まれた百姓は、米を始め全てを略奪され、老若男女を問わず捕虜にされ奴隷として売り払われたりする。

戦いに負けるということはそういうことなのだ。

そんな無慈悲で過酷な、乱世の終焉を渇望する民の叫びは、あきらめと同時に地鳴りのように澎湃《ほうはい》と湧きつつあった。

それは信仰に支えられた一揆だ。一国を支配するまでに拡大し、群雄と言われる戦国大名の動きをも左右するようになる。

そんな中で力をつけたのが、織田信長であり武田信玄であり上杉謙信、今川義元、毛利元就《もうりもとなり》など天下統一を望む優将たちだ。

信長は義元を倒して京を目指す。

信玄と謙信は五度の戦いで決着がつかず。

西国の毛利元就は主家の大内や尼子《あまご》を倒して巨大大名に成長する。

そんな乱世に飛び出す信長の前に、立ち塞がるのが摂津石山本願寺の一向一揆軍だった。

信長はその勢いの半分近くを、地から湧いて出る宗教勢力との戦いに吸い取られることになる。

信長は前年の八月に美濃の稲葉山城から斎藤龍興《さいとうたつおき》を追い出して、尾張と美濃を合わせて百万石を超える大大名になっていた。

稲葉山城を岐阜城と名を改めて信長は居城にしている。

京の近くに巨大大名が誕生したことで、重大な局面になってきていた。信長が天下に飛び出す時だ。

天下が鳴動する。

春になってその蠢動《しゅんどう》が始まった。

将軍義輝が殺され、奈良興福寺の一乗院にいた将軍の弟が、幕臣の助けで逃げ出し、名を覚慶《かくけい》から義昭《よしあき》と変えて越前の朝倉《あさくら》家に匿われている。

その義昭が将軍宣下を受け、将軍になりたいと動き始めたのだ。それは兄義輝を殺した三好、松永と激突することだった。

義昭を担いでいるのが最も勢いのある織田信長だ。天下が激しく動き出す予兆が揃いだしている。

林崎甚助も二十七歳になり、過酷な運命を背負って神との約束を果たすべく、愛する薫を失いながらも、乱世の渦に呑み込まれようとしていた。

それは剣神になる厳しい道程である。

重信には薫を失った涙を拭く猶予《ゆうよ》さえ与えられない。重信一行が上野から武蔵に出て一ノ宮氷川神社まで来た時だ。

長い参道にバラバラと十二、三人の野盗なのか、武芸者なのか人相のよくない集団が現れ道を塞いだ。

「何者ッ！」

「師匠、それがしが！」

平兵衛が前に出て腰の太刀を摑んだ。

「道を塞ぐとは無礼であろう」

「ふん、武士は相身互いだ。少々腹がへっておる。銭を置いていけ！」

「うぬら野盗か？」

「黙って置いていけ、怪我をするぞ！」

「あいにく、われらも手元不如意でな。うぬらに回す銭はない」

平兵衛が強気に断って一歩前に出た。

「洒落たことをぬかすんじゃねえ、やる気かッ！」

「事と次第に依ってはやってもいいが？」

「ぬかしたなッ！」

サッと殺気が広がって男たちが身構えた。

「死にたい奴は前に出ろ！」

「うるさいッ、叩き斬れッ！」

「おうッ！」

「ここは神さまの参道だ。血で汚すことはできぬ。来いッ！」

平兵衛が参道から出て、中山道に近い原っぱに男たちを率いて移動した。

「ここでいいだろう。まだやる気はあるか？」

「馬鹿野郎ッ、当たり前だッ！」

バラバラッと男たちが半円に平兵衛を囲んだ。十郎左衛門が助太刀のつもりか、重信の傍から平兵衛の傍に寄って行った。

「十郎、師匠と見ておれ、すぐ終わる」

「一人で……」

「心配するな」

追い払うように言って十郎左衛門を下がらせると、自ら男たちの輪の中に二歩、三歩と入って行った。

刀を抜き、槍を構える盗賊と戦いになった。

人相の悪い男たち揃いで、重信は止めてあきらめる連中ではないと思った。これまで参詣者からどれだけ銭を奪ったか知れない悪党どもだ。

いきなり大男が上段から平兵衛に襲いかかった。

瞬間、平兵衛の鞘から離れた太刀が、大男の胴に吸い込まれていった。

「ンギャッ！」

妙な絶叫と共に大男が藪に吹き飛んだ。平然と血振りをくれた平兵衛の太刀が鞘に戻っている。

「この野郎ッ、妙な技を使うぞッ！」

「気をつけろッ！」

その注意も聞かず髭面の男が太刀を振り上げて踏み込んだ。

平兵衛の太刀が一閃、男の胴から逆袈裟に斬り上げた。二人目も顔から藪に突っ込んでいった。また、血振りをした刀がソロリと鞘に収まる。

「まだやるか。三人でも四人でも同じことだぞ」

「くそッ！」

「やるかッ？」

平兵衛が凄んだ。

囲んでいた輪が後ずさりする。見たことのない一瞬の剣法に、男たちは恐怖を感じて中山道に向かって逃げた。

この一ノ宮に重信の父数馬の弟がいると聞いていた。

重信は立ち寄るか考えたのだが、長逗留になりそうでそのまま素通りすることにした。

風魔

重信一行は一ノ宮から川越城下に出て八王子から小田原に向かった。

平兵衛が小田原に立ち寄りたいというので武蔵に出てきた。

重信は七、八年前に箱根峠で子どもの馬方が難儀しているのを助けた時に、偶然、知り合った松田《まつだ》憲秀《のりひで》という北条家の家臣を思い出した。

「そなた、小田原城に知り合いがおるようだが、松田憲秀さまというお方を知っておるか？」

平兵衛に聞いた。

「はい、師匠は松田さまをご存じで？」

「いや、知っているというほどのことではない。随分前のことだが、箱根山で子どもの馬子が仲間に邪魔されて、難儀していたのを助けたことがあって、その時、通りかかられた武家がそう名乗られたのだ」

「そうでしたか、松田さまは今では氏政《うじまさ》さまのご家老で知行四千石のご大身です」

「ほう、ご家老さまになられたか、なかなかの出世だな？」

「ええ、周辺の諸大名との交渉で、辣腕を振るっておられるお方と聞いております」

「詳しいな？」

「それがしが存じ上げておりますのは他の方で、北条家のことはその方から多少聞いております」

「なるほど……」

重信は納得したがその方とは誰なのかまでは聞かなかった。

平兵衛がどこの大名の誰と知り合いでも重信には関係がない。話すべき時には平兵衛の方から打ち明けると信じている。

松田憲秀の家は、北条早雲《そううん》以来の譜代の家柄で、今の北条に仕えてからも古い。憲秀は文武両道に優れた勇将だった。

三人は小田原城下に入ると松田憲秀の屋敷を訪ねた。

憲秀は重信を覚えていて、遠来の友でも迎えるように座敷に通した。

「平兵衛、どうした風の吹き回しだ。そなたは香取の東下野守のところだと出羽守から聞いておったが？」

「はッ、師の下野守さまと鹿島の卜伝入道さまのところにまいりまして、林崎甚助さまとお会いし、その神夢想流をご伝授いただきたく、下野守さまと一緒に弟子にさせていただきました」

「ほう、そういうことであったか？」

憲秀は重信と平兵衛が一緒なのに納得、十郎左衛門が落城した箕輪城の長野一族であることも納得した。

重信は憲秀に歓待され、神夢想流居合のことを聞かれた。北条家は塚原卜伝とも親しくしている。

卜伝が上洛する時は必ず北条家に滞在していた。

その夜、平兵衛が重信に北条家とのつながりを話した。

「先ほど、松田さまが出羽守さまの名をお出しになりましたが、その方は風間《かざま》出羽守さまと申します」

「風間出羽守さま？」

「はい、師匠は武田の三ッ者、上杉の軒猿《のきざる》、真田の滋野《しげの》、織田の乱破《らっぱ》、毛利の世鬼《せき》、北条の風魔《ふうま》などということをお聞きになったことはございますか？」

「それは、各大名家の間者、忍びの者と聞いた。伊賀や甲賀などで修練して色々な技を使うそうだな？」

「はい、北条家の耳であり眼であるのがその風魔です。風間家は代々その風魔の頭領となり、風魔小太郎《こたろう》を名乗ります」

「分かった。出羽守さまがその小太郎さまなのだな？」

「はい、これ以上は申し上げられませんが……」

「うむ、よく、打ち明けてくれた。どこの大名家にもそれなりの秘密はあるものだ。もう何も聞くまい！」

「申し訳ございません」

平兵衛が重信に頭を下げた。

「それがしは、風魔ではございません」

「気にするな。信じておる」

重信は平兵衛の言葉を信じた。

風魔でも構わないが重信は殺人剣を好まない。剣はおのれの魂との話し合いだと信じ、人を斬るための剣ではないと思っている。

人を斬らず、人に斬られずが、神から授かった神夢想流居合の極意だと信じてきた。これからも変わらない。

だが、その重信の信念も、実現は何十年先か遥かに遠いと思われる。

深夜、平兵衛は密かに憲秀の屋敷を出て出羽守の屋敷に入った。重信は平兵衛が部屋を出て行ったと分かっている。

平兵衛は出羽守の寝所に忍び込んだ。

寝所の廊下で見張りの若い風魔と出会った。

「平兵衛だ……」

「お待ちでございます」

「起きておられるのか？」

「はい……」

見張りが音もなく板戸を開いた。薄暗い灯りだ。

「平兵衛にございます」

「入れ……」

今にも消えそうな細い灯りの中に出羽守はいた。白髪の老人だ。

「平兵衛、ご家老のところだそうだな？」

「はい、今夕につきましてございます」

「林崎甚助という男はめっぽう強いそうだが？」

「はい、東下野守さまが三本のうち一本も取れませんでした」

「それで弟子になったか？」

出羽守が振り向いた。風魔四組五十人ずつ二百人を差配する頭領だ。その力は一万石と言われている。

「これからどうする？」

「京へ行くということにございます」

「なるほど、実はな、義元さまが信長に討たれてから、今川家は坂を転がるように勢いが衰えてきた。義元さまの嫡男氏真さまは領土を守るだけの力がない。嫁がれた姫さまがお可哀そうだ」

「はッ！」

出羽守のいう姫さまとは、北条家から今川氏真の正室に嫁いだ早川《はやかわ》姫のことだ。

「甲斐の信玄は越後の上杉に痛い目にあってから、北の海に出る作戦から南の海に出る作戦に切り替えるようだ」

「駿河の海へ？」

「そうだ。その時は北条との相甲同盟が破綻する。乱世では驚くことではないがな」

「信玄と戦うことに？」

「その危険性が出てきた。全ては信長が義元さまを倒したことから始まったことだ」

「その信長が美濃を呑み込んだと？」

「尾張の大うつけが百万石の大名になりおったわ」

出羽守は配下を各地に走らせて正確な情勢を握り分析している。信玄も謙信も信長も正確に情勢を掌握している。

ことに信玄は三ッ者、歩き巫女、真田の滋野など、六百人とも千人近いともいわれる間者を動かしている。

信長はそんな信玄を足長坊主と呼んでいた。

謙信の軒猿には加藤段蔵《かとうだんぞう》という凄腕の頭領がいて、忍びを狩る忍びとして恐れられている。

出羽守の配下はそんな間者たちとたびたび戦ってきた。

「もう一人の弟子は箕輪城の生き残りだそうだな？」

「はい、信玄に追われて北に逃げておりました」

「それで長野一族の生き残りか？」

出羽守が少し考えていた。

「平兵衛、いざという時はご家老さまの組下に入れ。いいな？」

「承知いたしました」

「それから、林崎甚助の神夢想流を家臣にも伝授してもらえないか。殿にそれがしから申し上げる」

「はい、師匠に話します。引き受けてくださるかと思います」

出羽守と平兵衛の話し合いは半刻以上続いた。確かに、平兵衛は出羽守の配下ではないが不思議な関係なのだ。

平兵衛は盗賊でもない。

平兵衛の息子田宮対馬守長勝《ながかつ》は、田宮流居合を開きやがて池田輝政《いけだてるまさ》に仕え、紀州徳川頼宣《よりのぶ》に八百石で仕え千人もの弟子を育てる。

田宮家は代々紀州徳川家の剣術指範を務めることになるのだ。徳川頼宣は八代将軍吉宗《よしむね》の祖父だ。

平兵衛の居合は田宮流として、明治維新後も継承されることになる。

重信は平兵衛が部屋に戻ってきたのも分かっていた。

翌朝、憲秀は重信を釣りに誘った。

小田原城は海に突き出た八幡山の山塊の上にあって、眼下には広大な海が広がっている。

その海に小舟を出した。

小舟には憲秀と重信だけで櫓をこぐ船頭が一人、その近くに家臣が乗った小舟が二艘、漁船が十艘ばかり浮いている。

小田原城はかつて上杉謙信の率いる十万の大軍に包囲されたことがある。その大軍は関東の連合軍だったこともあって統率を欠いていた。

謙信がまだ長尾景虎《ながおかげとら》と言っていたころだ。

その十万でも小田原城は落ちなかった。それは海があるからだ。陸からの攻撃だけでは落ちない城なのだ。

「箱根の例の子どもの馬子だが、なかなか賢い子でな。今は姉と一緒に馬借《ばしゃく》を十四、五人も使う若い親方をしておる」

「それは誠に結構にございます」

「時には、城の役にもたっておる。なかなか重宝しているよ」

「松田さまのご贔屓でございますか？」

「まあ、そういうことでもあるな」

うれしそうに憲秀が笑った。

「当家は早雲さま以来、武芸好みでな。どうであろう、殿の前で神夢想流を披露してもらえまいか？」

もちろん、重信の望むところだ。

「御前試合ということでどうか？」

「承知いたしました」

「そうか、そうか、日にちが決まり次第、知らせることにしよう。武芸好きの若殿方も揃うことであろう」

この時、すでに隠居していた北条氏康は五十四歳で三年後には死去する。

後継の氏政は三十一歳、氏照《うじてる》は二十七歳、氏規《うじのり》は二十四歳、氏邦《うじくに》は二十一歳の働き盛りだった。

氏康の亡き後、四人の兄弟が力を合わせて武蔵、上野にまで広がる領地を治めて行くことになる。氏政は甲駿相三国同盟の証として、信玄と三条《さんじょう》の方の間に産まれた長女を正室に迎えている。

信玄は子煩悩でこの花嫁行列は一万人という華やかさだった。

相模の北条家からは今川氏真に早川姫が嫁ぎ、駿河の今川家からは義元の娘が、信玄の嫡男武田義信《よしのぶ》の正室に嫁いだ。

このように互いに娘を嫁がせた三国同盟は、相互不可侵、相互協力など盤石の作りだった。

ところが上洛を目指した義元が信長に倒され、その義元の後継者氏真が不甲斐なく、三国同盟は危機的状況になっている。

家老の松田憲秀と風魔の頭領風間出羽守が、重信の神夢想流居合を見たいと望んだため、氏康と氏政が了承して御前試合が実現することになった。

半月後、支城から氏照や氏規なども呼ばれ、北条家の家臣から特に腕自慢が三人選ばれた。

その日、三人は登城して御前試合に臨んだ。

氏康は話に聞いた剣豪があまりに若いことに驚いたようだった。

長野十郎左衛門はまだ子どもと見られ見学、平兵衛がまず最初に若い家臣と立ち合った。

この御前試合は北条早雲の息子北条幻庵《げんあん》と、その子新三郎綱重《しんざぶろうつなしげ》、氏康とその子四人など盛大なものになった。

対峙した若い家臣が平兵衛の構えに吸い込まれるように打ち込んだ。

不用意な仕掛けで飛び込んだ。

だが、それは誘いの打ち込みでサッと引いた。

素早い引きだ。平兵衛はまだ見切っていない。相手に合わせてゆっくり右に回る。後の先を狙っている。

重信と十郎左衛門は与えられた床几に座って、なかなかやる若者だと見ている。北条家の武道精神の高さを現している立ち合いだ。

若者は警戒して打ち込まない。ほぼ半周した時、若者が遂に踏み込んだ。

小さな気合で鋭い突きだ。

平兵衛の木刀が後の先を取り若者の胴に向かって走った。ところがその一撃を若者の木刀がカッと弾いた。

「アッ！」

十郎左衛門が驚きの声を漏らした。田宮平兵衛の攻撃が弾かれたのを始めて見た。その瞬間、平兵衛の木刀が先の先で逆袈裟に斬り上げる。

それが決まった。

「それまでッ！」

出羽守が扇子で試合を止めた。若者がヨロヨロッと陣幕の傍まで下がった。

「まいりました」

若者が一礼して陣幕の裏に消える。

「林崎甚助殿ッ！」

「はい！」

木刀を握りしめた。

「高田軍太夫《たかだぐんだゆう》ッ！」

男は「オーッ！」と戦う気満々だ。

二人が同時に床几を立って一礼すると、中央に進んでから氏康に一礼し、木刀を構えて向き合った。

初　陣

居合の勝負は鞘の内である。

一瞬で決まる。

やる気満々で「イヤーッ！」と気合もいいが、重信の相手には力不足だ。

軍太夫が攻撃したその瞬間、攻撃の木刀を受け止めると同時に、重信の体が右に回りながら軍太夫の首を掻っ切った。

神伝居合抜刀表一本廻留《まわりどめ》、軍太夫が重信を見てガクッと膝から崩れた。

「ま、まいったッ！」

「お見事ッ！」

出羽守が二人を分ける。

「林崎殿、真剣でよろしいか？」

「はい、構いません」

出羽守が真剣勝負を望んだことで御前試合が急に緊張した。

「幻海《げんかい》ッ！」

「はッ！」

立ち上がったのは平兵衛が言う風魔だとすぐ分かった。太刀を握って重信をにらんでいる。

明らかに出羽守の配下だと分かった。それも相当な使い手のようだ。十郎左衛門が乱取備前を重信に渡し、木刀を持って席に戻った。

重信と幻海が並んで氏康に一礼。

不気味なほど殺気をはらんだ静かさだ。

家臣団は幻海の腕を知っている気配がする。幻海はもう若くはなく、四十は超えているだろうと重信は見た。

その幻海が太刀を抜くと不思議な構えをした。

少し腰を落とし、まるで猫のような格好で襲ってくるのか、それとも逃げるのか分からない。

まさに忍びの技で剣客の技とは思えない。

重信は鞘口を切っていつでも抜ける抜刀の構えをとった。

幻海は重信の隙を窺っている眼付きだ。

これは何かあると重信が感知した瞬間、幻海の懐から両端に黒い分銅《ふんどう》のついた鎖が手に落ちて重信に投げられた。

一瞬、それをかわした重信の体勢が崩れた隙に幻海が踏み込んできた。

幻海の刀が重信の頭上から落ちてくる。

体勢を崩しながらも一歩下がった重信の乱取備前二尺八寸三分が鞘走って、キーンッと幻海の太刀を弾いて、その刀がザッと幻海の首を打ち落とす。

神伝居合抜刀表一本陽炎《かげろう》、乱取備前の峰で首を抑え込まれ、幻海が地べたに這いつくばった。音に気を取られた者は何が起きたかわからない。

「それまでだッ！」

出羽守があまりの技の凄さに仰天して戦いを止めた。

「まいりました！」

幻海が立ち上がって重信に一礼、鎖を拾うと陣幕の後ろに消えた。見物の家臣団が床几から立ち上がって見ている。

「出羽守！」

氏康が扇子で出羽守を呼んだ。重信は襷を取り鉢巻を取って氏康に頭を下げた。

「林崎殿、御前へ！」

「はッ！」

出羽守に呼ばれて重信が氏康の前に進んだ。

「良い勝負だった。家臣に指南してくれるか？」

「畏まってございます」

興奮した顔で氏康が褒めた。

氏康が座を立つと傍の氏政も座を立って「出羽ッ、話を聞きたい！」と言って奥に消えた。

広間には氏政、弟の氏照、早雲の息子で七十六歳になる幻庵、その息子で四十を超えている新三郎綱重、松田憲秀がいた。

そこに出羽守に連れられて重信、平兵衛、十郎左衛門が入った。

氏政は御前試合の重信と平兵衛の出来を称賛し、神夢想流の居合抜刀についてあれこれと聞いた。

大いに話が弾んで、重信はほとんど酒を飲まないので、一杯だけ酒を頂戴し夕餉を馳走になって下城した。

翌日から家臣たちで希望する者に神夢想流居合の指南を始める。城内の道場はたちまち押すな押すなの大盛況になった。

この年の九月十六日に足利義昭が織田信長の力を借りて上洛。

信長は織田軍だけでなく、北近江の浅井長政《あざいながまさ》、同盟している徳川家康など、六万の大軍を擁して上洛した。

大軍に驚いた三好、松永軍は戦わずに京から撤退する。

兄義輝が暗殺され、三好、松永の傀儡《かいらい》だった十四代将軍義栄《よしひで》が病で死去したこともあり、義昭は正当な兄の後継者として十五代将軍の宣下を受けた。

京も激動していたが、相模も激動の渦に巻き込まれようとしている。

それは今川義元が信長に倒され遠江、駿河が混乱、上杉謙信と信濃川中島で戦い大苦戦した武田信玄が、甲駿相の三国同盟を破棄したからだ。

十二月になると本栖《もとす》街道を南下して信玄の大軍が富士川の東岸に現れた。

富士川を渡河して東海道を西進、富士川の西岸にある蒲原《かんばら》城を落とさず駿府城攻略に向かった。

信玄らしくない急いだ戦いだ。

急いだ理由は義元の嫡男氏真は、力はないのだが北条の早川姫を正室にして健在なこと、それに三河の徳川家康が、信長と清洲同盟を結んで遠江、駿河を狙っているからだった。

同盟を破棄した信玄に北条氏康が激怒、氏政の正室で信玄の長女を甲斐に送り返して手切れとなった。

北条軍四万五千の大軍が伊豆方面に動き出す。

同時に北条の水軍三百隻が、伊豆半島を回って沼津、清水方面に展開する。

後方で北条軍が動き出したことで、信玄は武田軍一万八千を由比《ゆい》と興津《おきつ》の中間にある薩埵《さった》峠に上げて北条軍と対峙した。

薩埵峠は去った峠と言われ、縁起の良くない峠と言われている。

名将武田信玄にはそんな噂は気にならないし気にもしない。

その信玄は北条軍とにらみ合ったまま、今川の駿府城攻撃もできずに戦いが膠着した。

この時、重信はまだ小田原にいた。

重信たち三人は剣術指南どころではなくなった。

「甚助殿、武田信玄が同盟を破って駿河に侵攻してきた。年明けには北条軍が東海道の要衝、蒲原城に入ることになった。大将は幻庵さまの嫡男新三郎さまだ。それがしもまいるが、力を貸してもらいたいのだが？」

「承知いたしました」

重信は松田憲秀に陣借りして戦いに出る決心をする。信玄の南下と聞いた時にこうなると覚悟を決めていた。

平兵衛は風間出羽守と深い関係にある。長野十郎左衛門は箕輪城で信玄に長野一族を亡ぼされた恨みがある。

重信は平兵衛と十郎左衛門も武田軍と戦うだろうと思っていた。

乱世はどこで戦いに巻き込まれるか分からない。

重信は憲秀と出陣することになった。

年が明けた正月、北条新三郎綱重を大将に小田原城を出陣、箱根を越え、富士川を渡って蒲原城に入城した。

わずかな今川軍と合流して、八十間ほどの高さの山の堅城に入る。

駿府城は蒲原城の七里ほど西に在り、その駿府城の守備のために極めて重要な城が蒲原城なのだ。

薩埵峠の武田軍は駿府城と蒲原城に挟まれ動きが取れなくなった。

信玄らしくない大失態だ。

両軍は春までにらみ合ったままで、どちらからも決戦は仕掛けられない。こういう時は仕掛けた方が負ける。

両軍痛み分けのような格好で、双方が引き上げたが、蒲原城の北条軍だけは城に残ることになった。

名将武田信玄がこの程度のことであきらめるはずがないからだ。

案の定、七月になって信玄と大軍が再び本栖街道を南下してきた。

ところが大雨になって富士川が増水、暴れ川でとても渡河できない。東海道に出てきた武田軍は富士川の東岸で混乱した。

そこを北条軍に狙われた。

夜襲をかけられて武田軍が敗走する。

夜で北条軍も追撃できない。

それでも信玄はあきらめなかった。

北の海には上杉謙信がいて出られない。海に出るには義元がいなくなった遠江と駿河を手に入れるしかない。

信玄はまだ信長と戦う気はないが、信長の同盟者である三河の家康が、東に動き出したのを放置できなかった。

遂に武田軍は、永禄十二年（一五六九）十一月末、三度目の駿河侵攻を開始、本栖街道を南下して東海道に出ると富士川を渡河。

十二月五日に蒲原城下のあちこちに放火を始める。

この時の蒲原城攻撃は武田勝頼《かつより》軍だった。

勝頼はなかなかの戦上手で力攻めにはしない。蒲原城は堅城で簡単には落ちないと見抜いて策を使った。

翌六日に勝頼は蒲原城を攻めるのに軍を二分し、別働の一隊を城下に伏兵として隠した。これに北条軍は気づかなかった。

もう一隊を率いて勝頼が城の前を悠々と通過する。勝頼を討ち取る絶好の機会だと新三郎が罠に落ちる。

急遽、城門を開いて勝頼を追う命令が出た時、武田軍を見て重信は危険な罠ではないかと気付いた。だが、重信は陣借りしているだけの客将に過ぎない。作戦に口出しできるような身分ではなかった。

北条軍はわずかな兵を城に残して、勝頼軍を追撃に出ることになり、重信も城には残れない。

「行くぞッ、勝頼の首を取れッ！」

「追えッ、追いつけッ！」

新三郎が先鋒で城を飛び出すと勢いよく勝頼軍を追った。

城が空になったのを見逃す武田軍ではない。

それを狙っていた城下の伏兵が一斉に城に襲いかかった。あっという間に城兵が全滅してしまう。

北条軍が城から引きずり出された。

「しまったッ！」

「城を取られたぞッ！」

「罠だッ！」

新三郎が気づいた時には勝頼が反転して、猛然と北条軍に反撃を開始する。

大乱戦の中で北条軍が次々と倒される。

「平兵衛ッ、松田さまを守れッ！」

そう命じると重信が乱戦の中に飛び込んで行った。

乱取備前を抜きざま二人を斬り捨て、前後左右の敵十数人を万事抜で斬り、急いで憲秀の傍に戻ってきた。

平兵衛も十郎左衛門も返り血を浴びて血みどろだ。

「松田さまッ、ここは危険にございますッ、富士川まで引いて下さるようッ！」

「新三郎さま討死ッ！」

「しまったッ！」

松田左衛門《さえもん》憲秀が叫んだ。北条早雲の孫で大将の北条新三郎が討死した。もう、戦いにならない。

「松田さまッ、富士川までッ、平兵衛ッ、頼むッ！」

重信が平兵衛に命じた。

「逃げろッ！」

「引けッ！」

狼狽《うろた》える足軽に言うと、重信はその足軽の槍を握って、憲秀が逃げるのを見て再び乱戦の中に飛び込んだ。

逃げる味方が追撃されないように、重信は殿《しんがり》に残って戦う。残った味方はバタバタと倒れほぼ全滅だ。

槍を振るって重信は十人近く倒したが、これ以上残っていては危険だと判断し、「逃げろッ、逃げろッ！」と叫びながら富士川に走った。

重信の初陣《ういじん》は散々な戦いになった。

武田軍も厳しい戦いで追撃に出る余裕はない。

北条軍で富士川まで逃げてきたのは百人余しかいなかった。そのほとんどが傷ついている。

渡河を始めると力尽きて川に流され溺死する者も出て、富士川の東岸に這いあがったのは百人もいなかった。

ここから箱根を越えて、小田原城までたどり着けるのが何人いるか、蒲原城の戦いは大敗北で北条軍は大将を失い力尽きた。

無傷なのは重信と平兵衛、十郎左衛門のほか数人で、馬上の憲秀も足に傷を受けていた。

重信は倒れそうな足軽に肩を貸し励ましながら歩いた。足取りが重く途中で落武者狩りを警戒して野宿をする。

翌日、まだ暗いうちに敗残の北条軍が動き出した。

北条軍の負け戦を聞いて、例の箱根山の竜太郎《りゅうたろう》という馬子の親方が、三島の近くまで馬十数頭を連れて迎えに来ていた。

「殿さま、怪我をなさっているようですが？」

憲秀の傷の心配をする。

「掠り傷だ。竜太郎、そなたが子どもの頃、箱根山で助けてくれた林崎甚助殿だ、覚えているか？」

「あッ、あの時のお武家さまだッ！」

「甚助殿、竜太郎という。箱根の竜神さまの名だそうだ」

「竜太郎殿か、元気で何よりだ」

「お武家さまには感謝しているよ。あの時のことは忘れねえ……」

竜太郎が照れるようにニッと笑った。

荊　組

蒲原城が陥落して北条軍が敗北。

小田原に戻った重信と平兵衛が相談して、京には向かわず一旦、上野の岩田村に戻ることになった。

重信は憲秀に暇乞いを願い出て小田原を発つことにする。

戦いに敗れたことは痛恨だが、相手は戦上手の甲斐の武田軍だ。そう易々と勝てるはずもない。

歴戦を潜り抜けてきた信玄の軍団は噂通り強かった。

憲秀は北条家に仕官するよう勧めたが、栄達を望まない重信は事情を話して辞退した。

三人は小田原を出ると武蔵から上野に向かった。

悔しいのは長野十郎左衛門だ。

上野の箕輪城で武田軍にやられ、今また、駿河の蒲原城で武田軍に完膚なきまでにやられた。

その無念さは十郎左衛門でなければ分からない。

来た道を三人は戻った。

重信は平兵衛の家で静かな正月を迎えることになる。

そんな時、小田井村の北山半左衛門《きたやまはんざえもん》に、是非、神夢想流居合を指南して欲しいと頼まれた。

半左衛門は平兵衛の知己でもあった。

乱世の物騒な時代で、自分の身を守るため、各地に武芸好みの土豪や豪農などが多くなっている。

重信は快く引き受けて一人で小田井村に向かった。

小田井村は中山道にあって、岩村田《いわむらた》宿と追分宿の間にある小さな小田井宿だ。この宿は上野ではなく信濃佐久にある。

この後、中山道を通る大名行列は北国街道の分岐で、大きな宿場の追分宿に宿を取るが、姫や侍女たちはこぢんまりとして警備のしやすい、小田井宿に宿を取るようになり、姫の宿などと呼ばれるようになる。

この頃、京を中心に荊組《いばらぐみ》とか皮袴組《かわばかまぐみ》というならず者の集団が生まれていた。荊の棘のように人々に危害を加え、執念深くつきまとう嫌われ者で、野盗と変わりない振る舞いをする悪人どもだ。

荊組は派手な歌舞伎者だったが乱暴狼藉がひどかった。

やがて慶長六年（一六〇一）に宣教師のヒエロニムス・デ・カストロが、肥前平戸に煙草《たばこ》の種子を持ち込むと栽培され、物珍しさとニコチンの強い嗜癖性によって中毒者が増え、たちまち各地に伝搬していくことになる。

煙草が荊組のようなならず者の中で流行ると、異様に長い長煙管《ながぎせる》が出現して腰に差して気取るのが流行る。

その長煙管がならず者ややくざの威勢と結びつき、江戸期になると長煙管は粋《いき》や鉄火ともてはやされる。

そんな風潮の始まりがすでに萌芽しつつあった。

その荊組が街道のあちこちを荒らしまわっている。それが小田井村の北山半左衛門宅に押し込んできた。

徒党を組んでの乱暴狼藉で村人では手に負えない。

運がいいのか悪いのか、たまたま半左衛門宅に剣術指南のために重信が逗留していた。

「半左衛門殿、ここはそれがしに任せて蔵にでも避難してくだされッ！」

「師匠ッ、一人ではッ？」

「心配無用ッ！」

「キャーッ！」

表にいた家人や女たちが逃げてくる。

夕方で間もなく日が落ちて暗くなる。重信は逃げて来る者たちをかき分けて表の店に出て行った。

半左衛門は百姓でもあり、小田井宿でも一番大きな旅籠もやっている。

荊組はそこを狙ってきたようだ。

「野盗だなッ？」

「何んだとッ、うぬは荊組を知らぬのか？」

「知らぬな、近頃このあたりに出没するならず者の盗賊だと聞いている！」

「何ッ！」

珍しいことに重信が最初から喧嘩腰に出た。腰に刀を差しながら、民百姓を困らせる野盗や盗賊は許せない。

端から重信は戦う覚悟だ。

「この家に野盗や強盗にやる銭はない！」

「この野郎、叩き斬るぞッ！」

「ご随意に！」

「てめえ、生意気なッ、叩き殺せッ！」

「外に出ろッ！」

「いいだろう」

冷静に敵の力量を計りながら、重信が荊組と外の街道に出た。

そこには仲間の荊組が十四、五人ほどいる。

これだけの人数が飲んで食って、女と遊ぶにはその賄いは半端ではないだろう。その銭を集めるのは大変に決まっていると思う。

あちこちの宿場や豪農をどれだけ荒らしたか分からない連中だ。

多く人を斬ってきた血の匂いを漂わせる狼の群れだ。こういう手合いは後々のために斬るしかない。

中山道は東海道のようにまだ整備されていない。小さな宿場には旅籠らしい旅籠は数軒あればいいほうなのだ。

そこを荒らしまわるのだから許せない盗賊だ。

「覚悟してかかってまいれ！」

「うるさいッ！」

「こんな野郎は生かしておくなッ！」

「よし、たった一人だッ！」

二十人ほどの荊組が重信を取り囲んで太刀を抜いた。もとは大名家にいた武家だったようで良い槍を持った者が七、八人いる。

弓を持った者までいた。

赤井村の戦いの再現のようになった。街道は雨の降った後でドロドロだ。

重信は柄に手を置いて万事抜の構えを取った。秘剣万事抜は滅多に使わないが、一人で二十人を相手では使わざるを得ない。

「この野郎ッ、おかしな構えだぞッ、気をつけろッ！」

「洒落くせいッ！」

頭らしき男が言った瞬間、傍の男が上段から斬りかかってきた。

なまくらな気合で腕もなまくらだ。

近間から後の先を取った。

乱取備前がスルスルと鞘から抜けると、男の胴を横一文字に斬り抜いて、後ろから襲いかかった男の太刀の下から逆袈裟に斬り上げた。

「ウゲッ！」

一人は百姓家の板戸に吹き飛び、一人は顔から道端の泥に突っ込んだ。

「てめえ、やりやがったな。この野郎ッ！」

槍が突いてきた。

それを弾いて踏ん張った途端、重信が滑って転んだが、瞬間、槍で突いてきた男の脛を斬り砕いている。泥に手を突いて重信が起き上がった。

「この野郎ッ、できるぞッ！」

「油断するなッ！」

男が脛を砕かれて泥まみれになって悶え苦しんでいる。

本気になった男が斬り込んできた。

襲いかかる太刀を弾いて左肩の骨を砕き、荊組の頭と思しき大男を追って肉薄した。

「この野郎ッ！」

横に振り回す太刀をキーンと弾いて、大男の眉間から中段までザバッと斬り割った。

凄まじい斬撃だ。逃げ腰になった荊組を追って二人を斬り捨てる。

「逃げろッ！」

男たちが追分方面に逃げ出し、重信は七人を斬り倒した。脛を砕かれた男は逃げることもできずに、痛みをこらえ怯えた目で重信をにらんだ。

「殺さぬ。見せろッ！」

百姓家の軒下に逃げていた男の傍で、砕いた男の足を見た。足が逆向きについている。

「これは酷いッ。こういうことをしては駄目だ！」

自分を叱るように言って野次馬の若い男を呼んだ。

「医師はどこだ？」

「追分宿でないと医者はいねえが……」

「呼んできてくれぬか？」

「お武家さま、こんな悪党は死んでしまえばいいだよ！」

若い男が怒りを顔に表わす。

「いや、この男は二度と悪事はできぬ。治ってもようやく歩けるだけだ。許してやってくれぬか？」

そこに半左衛門が現れた。

「半左衛門殿、この怪我人を助けてもらいたい」

「承知いたしました。権助《ごんすけ》、呼んで来い。弦太《げんた》、お前も一緒に走って行け。夜中までには道庵《どうあん》さんを連れて戻って来い！」

「へい……」

二人の若者が真っ赤に焼けた西の空に背を向けて東へ走って行った。

脛を砕かれた男は戸板に乗せられて、半左衛門宅に運ばれ手当てを受けた。重傷で重信は足を斬り落とさないと男が死ぬと思った。

それが真夜中に道庵が来て現実になった。

「この泥まみれの足はもう使えない。早く斬り捨てないと体中に毒が回って四、五日で死ぬぞ……」

丸太のように膨れ上がった足だ。熱が出て男はもううつろになっている。

「半左衛門殿、それがしが斬る。体を押さえる者三、四人だけを残して後は下げてもらいたい」

「承知いたしました。みな、見世物ではないぞ。下がれ、さがれ！」

道庵と半左衛門の他に男三人が残って半死半生の男の体を押さえる。重信は無言で大脇差二字国俊を抜いた。

「師匠……」

「膝上三寸で……」

「承知！」

目の前で重信が男の足を斬るのに驚いて、押さえている男たちが顔をそむけて眼を瞑った。太股を紐で縛って血止めをする。瞬間。

「エイッ！」

鋭い気合で重信が男の膝上三寸を切り落とした。

「ンギャーッ！」

死にそうな男の断末魔の悲鳴が屋敷中に響いた。北山家では夜を徹して看病が続き、男の呻き声が夜明けまで続いた。

その夜、重信は平兵衛と十郎左衛門に京へ向かうとの書状を書いて、半左衛門に届けてくれるよう願って旅支度を始めた。

「半左衛門殿、あの足がいつ治るか分からぬが、治るまでおいてやってもらいたい」

「師匠、ご心配なく。あの男にはよく言い含めますので……」

「頼みます」

重信は笠をかぶって昼前に小田井村を発った。

将監鞍馬流

小田井村を出た重信は早春の中山道を西に向かう。

岩村田を過ぎ長窪まで足をのばして宿を取った。まだ山々には雪が残っていて風は冷たいが、もう雪の降る季節ではない。

重信は下諏訪に出て信濃から美濃に向かった。

信濃路も木曽路も春の息吹で満ちている。湖東に出るとそれがよりはっきりした。北の伊吹連山も西の比叡山も雪が消えて、谷々の残雪だけが厳しい冬の名残になっている。

重信が京に入った時、以前とは違う大路小路のざわつきを感じた。

宜秋門《ぎしゅうもん》前の勧修寺家は門を閉じて静かだ。扉を叩いて来訪を告げると、中から顔見知りの家人が顔を出した。

「おう！」

「お久しぶりでございます」

「大納言さまがおられます。どうぞ！」

屋敷に案内され玄関に立った。すぐ座敷に上げられ勧修寺尹豊と対面する。

「元気そうだな？」

「お陰さまで……」

「そなたの母が亡くなったことは、因幡守殿が書状で知らせてきた。随分、前になるがどこにおった？」

「はい、鹿島に三年、小田原に二年ほど、米沢、会津などで修行いたしました。お伺いするのが遅くなりましてございます」

「そうか、鹿島の土佐守か、鹿島新当流だな？」

「はい、一之太刀を伝授していただきました」

「その一之太刀を伝授された将軍が襲われて以来、京は混乱しておるのだ。天子さまの宸襟《しんきん》を悩ますなど言語道断じゃ！」

尹豊は応仁以来の武家の争いを苦々しく思ってきた。

朝廷の困窮を最も見てきたのが尹豊だ。天皇を支えてきたのも尹豊である。天皇の信頼が実に厚い。

勧修寺家は京の醍醐《だいご》小栗栖《おぐるす》あたりに領地があって、他の公家たちほどは悲惨なめにはあっていなかった。

尹豊の孫の晴子《はるこ》は三年前に誠仁《さねひと》親王の女房に上がり寵愛されている。

やがて六男三女を産み、その長子が後陽成《ごようぜい》天皇となって、晴子は国母になり新上《しんじょう》東門院《とうもんいん》と称する。

その兄晴豊《はるとよ》もやがて大納言になる。

「困ったものよ……」

「京に入りまして、ざわつきを感じましてございますが？」

「うむ、信長が上洛してから将軍の二条城を築城したり、御所の修復、改築などザワザワと忙しいことになっておるのじゃ」

「織田信長さまが……」

「わしの禅の師である妙心寺の、快川紹喜《かいせんじょうき》の兄という沢彦宗恩《たくげんそうおん》が育てた男が信長だ。宗恩は妙心寺の第一座という秀才だが、その男が育てた信長という男はなんとも厄介な男のようだな……」

「厄介な男にございますか？」

「うむ、師が偏屈だと弟子も偏屈になるようだ」

「はッ、肝に銘じまする」

「わしも相当偏屈だが、尾張の大うつけは一筋縄ではいかぬ大偏屈者のようだわ……」

「大うつけとは聞いたことがございます」

「若い頃から大うつけの狂言をしておったのだ。食えない男よ」

尹豊が困ったものだとでもいうようにニッと笑った。この後、朝廷は信長の扱いに苦慮することになる。

「相当、短気な男のようだが、その百万石の信長に戦以外で、どれほど治世の手腕があるかだな。まだ、足利将軍家もあれば朝廷もある。なかなか信長の考え通りには行くまいと思うがのう……」

尹豊は信長を疑問視し治世の難しさを語っている。

地方の実力者が京にのぼっても成功した例があまりない。それほど京というところは難しいところなのだ。

かつて伊勢平氏の清盛も京に君臨したが滅んだ。

その平家を倒して京に勢力を張ろうとした義仲や義経も滅び去った。関東の足利尊《たか》氏《うじ》も京に政権を開いたが三代義満までで、その後は応仁の大乱を引き起こし、この国を大混乱に陥れる結果になった。乱世である。

乱世は強大な武力で薙ぎ払えばいいが、泰平の世を招き、この国を長期に治めていくことは難しい。

乱世を薙ぎ払う何倍もの力を必要とすると尹豊は考えていた。

それを千年もの長い間、営々と行ってきたのが天皇であり、天皇家と言われる人々だと思っている。

その皇室を藤原不比等《ふじわらふひと》以来支えてきたのが、藤原一族という公家の大集団で、勧修寺尹豊も本姓は紫式部《むらさきしきぶ》につながる高藤《たかふじ》流藤原なのだ。

「ところで甚助、上洛して何をする？」

「はい、京流を修行したいと考え京へまいりました」

「京流はわしの流儀だが、例の吉岡道場に行くのは気が重かろう……」

五条の吉岡道場は重信の父数馬を闇討ちにした坂上主膳のいた道場だ。重信はその主膳を清水寺の産寧坂で討ち果たし父の仇討に成功した。

その時、力になってくれたのが勧修寺尹豊と吉岡憲法《けんぽう》直元だった。

「吉岡さまはお元気でございましょうか？」

「近ごろは時々、臥しておるようだな」

「そうですか……」

「もう歳だから仕方あるまい」

あの産寧坂の決闘の時、坂の上から見ていた白髪の老人が、吉岡憲法だったと重信は思っている。

「五条の染物屋は少々行き辛いな？」

「いずれご挨拶には……」

「うむ、それがよい、それがよい」

六十八歳になる尹豊は重信を気に入りでニコニコといつも優しい。

「そういえば洛外になるが、鷹ヶ峰街道に大野将監《おおのしょうげん》という剣客が、鞍馬流の道場を開いたと聞いたが行ってみるか？」

「はい、是非にも！」

「よし、そうしよう。将監がよいわ……」

その夜、重信は望んで勧修寺家の家人の長屋に泊まることにした。

この頃、京にいる信長は越前朝倉義景《よしかげ》に、上洛して将軍の手伝いをするようにと書状で呼びかけていた。

義景はそれに応じて上洛することは、信長に臣従することに等しいと呼びかけを無視、一触即発の危機を孕んで事態は緊張している。

越前朝倉と飛ぶ鳥落とす勢いの信長という、大大名同士の衝突になりそうだ。

名門気取りで優柔不断だと信長は義景を気に入らない。他にも信長の父信秀《のぶひで》が美濃攻撃で、朝倉に裏切られひどい目にあったことがある。

尾張の成り上がり者と、朝倉義景も信長を気に入らない。

激突は避けられない情勢になっている。

その信長は北近江の浅井長政と同盟する時、お市《いち》を長政に嫁がせることと、越前朝倉を攻撃しないことを約束していた。

浅井家が京極《きょうごく》家から北近江を奪った時、浅井家を支援してくれたのが越前朝倉家で、北の朝倉家に浅井家は足を向けて寝られない関係なのだ。

翌日、勧修寺尹豊は馬に乗り、その轡《くつわ》を重信と小者が取って鷹ヶ峰に向かった。

烏丸通りに出て今出川通りを西に歩いた。

昔に朱雀大路だった千本通りの辻を北に折れて、京の七口の一つである長坂口に向かった。

紫野《むらさきの》から栗栖野に出る辺りの鷹ヶ峰街道の左側にその道場はあった。

大きな百姓家だ。

京の七口とは時代によって九口だったり十一口だったりする。各街道の入口であり京の出口でもある。

長坂口は周山街道や若狭街道に、大原口は若狭街道、鞍馬口は鞍馬街道、粟田口は東海道、伏見口は伏見街道、鳥羽口は山陽道、丹波口は山陰道というふうにそれぞれが街道につながっている。

栗栖野は平安期には天皇の狩場として大切にされた。

鷹ヶ峰街道の長坂口は京に入る物資の多い街道で栄えている。

信長の織田軍が京に入ってからは盗賊が京に住めなくなり、各街道に散らばって追《おい》剝《はぎ》や辻斬りが洛外で起きていた。

鷹ヶ峰などは盗賊の棲み処として絶好の場所になっている。

「これは勧修寺さま！」

大野将監が前触れもなく先の大納言が現れたことに驚いている。大玄関に飛び出してきた。

「上がるぞ！」

どこにでも馬に乗って出歩く勧修寺尹豊を知らない京人はいない。

「呼んでいただければお屋敷にお伺いいたしましたが？」

「うむ、実はな、わしの弟子が京流を学びたいというのでな。連れてきたのじゃ」

重信を弟子だと紹介する。

ニッと笑う尹豊は天真爛漫、大酒飲みで、大嘘つきで、誰からも好かれ、京人は化け物と呼んでいる。憎めない老人なのだ。

京人は姿を見かけると座敷に上げて酒を振る舞う。京の人気者で、尹豊を酔っ払わせて喜んでいる。

「どうだ。頼まれてくれるか？」

「もちろん、喜んでお引き受けいたします。将監鞍馬流と名付けましてございます」

「ほう、将監鞍馬流、この若者がわしの弟子で神夢想流、林崎甚助という」

「林崎重信にございます」

重信が頭を下げた。

「大野将監です」

「将監、預けたぞ。この甚助は強いからな。気をつけて扱え！」

「はッ、覚悟しております」

「邪魔したな。甚助、ちょくちょく屋敷にまいれよ」

「はい、お伺いいたします」

尹豊は重信を置いて早々に戻って行った。道場には将監の弟子が五人、羽目板の窓の下に並んでいる。

「誰か、林崎殿と立ち合ってみないか？」

「おう！」

腕に自信のありそうな髭面の男が立ち上がる。重信は乱取備前を鞘ごと抜いて傍に置いた。

木刀が並んでいる刀架から、無造作に一本取って二度素振りをする。

「では、お願いします！」

道場の中央で木刀を構えた。重信は力の差を感じたが、相手が打ち込んでくるのを待った。

そこに「イヤーッ！」と斬り込んできた。

男が無警戒に打ち込んでくるのとほぼ同時に重信も踏み込んで、一瞬早く、左胴から横一文字に真っ二つに斬った。

神伝居合抜刀表一本水月、髭面の男がヨロヨロと羽目板まで行ってドスッと尻もちをついた。

「これは強いッ。大納言さまの言われた通りだ！」

道場主の大野将監が見たことのない重信の剣法に仰天した。

「明日から、是非、ご指南いただきたい」

「はい、恐れ入ります」

話が逆で指南してもらう重信が指南することになってしまった。大野将監は重信の不思議な剣法の強さを認めた。

早速、重信は将監の弟子二人と百姓家に寄宿することになった。

この将監鞍馬流は重信を二代目として、貫心《かんしん》流居合や無外《むがい》流居合と広がって行き、鞍馬流は古武道として幕末の勝海舟《かつかいしゅう》の習成館へと繋がっている。

ついに林崎甚助重信は剣術界の表舞台に登場することになった。だが、神と約束したその修行の旅はまだまだ長く険しい。

天下一の剣に大成させる旅である。

信長軍三万の大軍が京に集結すると四月二十日に越前に出陣した。

名目は混乱している若狭の武田討伐だが、信長の本心は朝倉を討つことだった。浅井との約束があって信長は朝倉討伐とは言えない。

三年前に亡くなった武田義統《よしずみ》の妻は将軍義昭の妹で、その子元明《もとあき》は越前朝倉に連れて行かれ幽閉されている。

武田元明を救出したい作戦でもある。

ところがその朝倉には、足利一族で三代将軍義満の次男義嗣《よしつぐ》の末裔、鞍谷《くらたに》御所という男がいて、義昭が朝倉に亡命した時、僧からの将軍は駄目だと酷く反対され邪魔されたのだ。

将軍義昭の足利家の仇敵という存在が、一族の鞍谷御所である。元明を助け出し鞍谷御所をも追放、朝倉家を追い詰めるのがこの出陣の真の目的だった。

それを浅井長政に気付かれる。

裏切られた信長は浅井と朝倉軍に挟み撃ちになる寸前、単騎で逃げ出して死地を脱出し、家臣と馬を走らせ一気に京まで逃げ帰ってきた。

命からがらの信長についてきたのは十騎足らずだった。

この信長の出陣の三日後、朝廷は永禄十三年（一五七〇）四月二十三日を元亀《げんき》元年と改元した。

元亀という元号は将軍義昭が奏上、義昭を支えている実力者の信長は天正を奏上したのだ。

朝廷は信長という男の正体をまだ理解していなかった。尾張から出てきた田舎大名という程度の認識で、躊躇なく朝廷は元亀を元号に決めたのだが、将軍義昭は改元の費用を出さなかった。

信長の危険性を誰よりも早く見抜いたのは尹豊だったかもしれない。それは信長を育てた禅僧沢彦宗恩と尹豊は、若い頃からの知己でかなり親しかったからでもある。

鷹ヶ峰の闇討ち

単騎で京に逃げ帰った信長は、翌五月一日には御所の修理を視察した。何事もなかったように振る舞う信長は既に反撃を考えている。織田軍が続々京に逃げ帰ると、その兵を率いて信長は岐阜に向かった。

ところが湖東の東山道は封鎖され、織田軍は岐阜城に戻れなくなった。仕方なく信長は鈴鹿山中を越えて伊勢に出ることにする。

その道は八風峠越《はっぷうとうげ》え、千草峠越え、鈴鹿峠越えの三つだが八風街道は六角《ろっかく》と一揆軍に封鎖されていた。

そこで信長は千草峠に向かう。

その千草峠には、六角義賢《よしかた》に雇われた甲賀の杉谷善住坊《すぎたにぜんじゅうぼう》が、信長を狙撃しようと待ち構えていた。

信長は危機一髪、掠り傷だけで千草峠を越えて岐阜城に帰還する。

反撃は素早く、六月二十八日には近江の姉川で浅井、朝倉軍を、織田、徳川軍で粉砕して反撃に成功。

信長の戦いはすぐ京に聞こえてくる。

重信は長坂口の鷹ヶ峰の道場で、朝の稽古が終わると洛内の五条に向かった。笠をかぶって裁着袴《たっつけばかま》に草鞋といういつもの格好で一人だ。

重信は吉岡道場ではなく、母屋の玄関に回って門人たちに遠慮した。いらぬ争いはしたくない。

この時、吉岡直元は高齢で病臥していた。

「おう、産寧坂の若者か？」

直元が褥に起きた。

「ご挨拶もせず、立ち去りまして失礼をいたしました」

「あのような時は仕方のないことだ。見せてもらったぞ、見事な技であったな？」

「恐れ入ります」

直元は痩せている。

「今はどうしておる。出羽から出てまいったのだな？」

「はい、ただ今は、鷹ヶ峰の大野将監さまの道場で厄介になっております」

「おう、それはよい。将監は鞍馬流と言っている。あれは吉岡流と同じ京八流じゃ」

「以前、鞍馬寺で修行をいたしました」

「うむ、大納言さまから聞いておる。一雲斎の件でこの道場には来づらいと考え、大納言さまが鷹ヶ峰を紹介したのであろう」

「恐れ入ります」

病臥していても剣豪らしく鋭い眼力に並々ならぬ気迫を感じる。

「甚助殿、願いを一つ聞いて下さらぬか？」

「どのようなことでございましょうか？」

「もう一度神夢想流を見たいのだ」

「承知いたしました」

重信は決して神伝を隠そうとはしない。神から賜ったものは全ての人のものだと考えている。

「縁側に床几を用意せい！」

直元が家人に命じた。

「ご無理をなさらずに……」

「いや、神の技を拝見するのに寝ていることはできぬでな」

剣豪としての矜持だ。憲法直元は重信の神の技を尹豊からすべて聞いていた。

褥から立ち上がって床几に腰を下ろす。重信は裸足になって庭に下りた。刀の下げ緒で襷をして足場を確かめる。

「では、仕ります」

砂利に正座した。

立ち膝の瞬間、乱取備前を抜き、横一文字に斬って上段から斬り下げた。血振りをして鞘に戻す。再び、鞘走って逆袈裟に斬り上げた。剣先がグッと虚空に伸びて行く、美しい残心だった。

重信は神伝居合抜刀表十本を直元に披露した。

前かがみで見ている直元は疲れたようだ。そこに将軍の剣術師範吉岡直光《なおみつ》が戻ってきた。直元が床几から崩れ落ちた。

「父上ッ！」

慌てて家人と直光が支え、褥に運んで横にする。

「直光、甚助殿を呼んでくれ……」

家人が立って重信を呼びに行った。

「直光、甚助殿の居合抜刀という技はよいぞ。実に美しい。まさしく神の剣だ。産寧坂のあの剣筋だ……」

「神夢想流にございますか？」

「そうだ。全く新しい技だ。あの技は容易に破れない。いや、破る者はいまい……」

「どのような剣にございましたか？」

「これまで見たことのない剣だ。あえて言うなら必至剣とでも言えばいいかな」

「必至剣？」

「あれには勝てぬぞ。強い」

二人が話しているところに家人に連れられて重信が戻ってきた。

「甚助殿、失礼した。良い剣法だ。眼の宝になった」

「恐れ入ります。お加減は？」

「心配ない。寝てばかりいるから、少しお天道さまがまぶしく目眩《めまい》がしただけだ」

重信は直元が倒れてしまったかと心配した。しばらく直元と話をし直光に挨拶して、重信は吉岡家を辞し勧修寺家に向かった。

尹豊は不在だったが四半刻ほど待つと、どこで馳走になったのか酔った尹豊が、老馬に乗ってゆらゆらと上機嫌で帰宅した。

「おう、甚助、来ておったか。染物屋に行ってきたのだな。憲法は生きておったか？」

「お元気にございました」

「そうか。生きておったか、結構、結構……」

どこかの店に引きずり込まれ、酒を飲まされたのだろう。何んとも憎めない老公家なのだ。

「将監の剣法はどうだ？」

「鬼一法眼《きいちほうげん》さまの息吹が伝わっているかと存じます」

「そうか、そうか、流祖の息遣いが分かるか。なるほど、なるほど……」

尹豊は数馬の再来のような重信を気に入っている。化け物と言われるだけあって武骨で公家とは思えない気さくさなのだ。

「甚助、明日、山科の勧修寺で歌会がある。行くか？」

「はい、喜んでお供いたしまする」

「よし、よし……」

「明朝、明け六つ頃でよろしいでしょうか？」

「うむ、よい……」

「承知いたしました」

重信は一旦鷹ヶ峰の道場に戻ることにした。

勧修寺家から道場までは一里足らずであり、速足なら一刻もかからずに往復できる近さだ。

尹豊は重信を泊めようと道場に使いを出して、数日戻らないと将監に伝えようとしたが、それを断って重信は勧修寺家を出た。

堀川通りを北上して北大路に出ると、臨済宗大徳寺の前を通り船岡山の裾、紫野を通って千本通りに出た。

この辺りは夕刻になると、パタッと人通りがなくなり寂しいところだ。

百姓家の道場に戻って一眠りし、深夜、寅の刻に起きて外に出ると、ゆるやかな坂を下って行った。

すると、竹林から出てきて星明かりの中に人影が立った。

「そなた、この辺りに出没するという辻斬りか？」

人影が無言で太刀を抜いた。

「それがしは、そこの将監道場の林崎という者だが、人違いではないのか？」

返答はなく影が無言で中段に構えた。

辻斬りであれば将監道場の名を聞けば逃げるはずだが、そうしないということは辻斬りではないということだ。

ポツンと一軒家の道場から出てくるのを見ていたとも考えられる。ということは将監道場の誰かに恨みがあるか。

　相当腕が立つということが推察できる。星明かりに乾いた道が白い。重信は足場を確かめると鞘口を切って戦う構えを取った。

　影がジリジリと間合いを詰めてくる。

　動きが止まると無言のにらみ合いが続いた。

　重信は少し腰を落として柄に手を置き、相手が斬り込んでくる瞬間を狙う。

　影が上段から踏み込もうとするが間合いが遠い。

　誘いには乗らない。

　相手が右に回ると重信がそれに合わせて回り、坂の上を相手に譲った。踏み込みやすいよう誘いの位置取りだ。

　それを幸いに鈍い気合で踏み込んでくる。

　黒い影が坂の上を取りいきなり上段から襲ってきた。

　一瞬の同起、後の先を取って鞘走った乱取備前が、敵の右胴から横一文字に斬り払った。

　神伝居合抜刀表一本荒波、傍の竹林に頭から突っ込んで動かない。重信は血振りをして刀を鞘に戻した。

　黒い影は口と鼻を隠す布を顔に巻いている。道場から門弟が二人飛び出して走ってきた。

「林崎殿ッ！」

「お怪我はッ？」

「それがしは心配ない。道場の者を狙っていたようだ」

「道場を……」

二人が竹林に倒れている男の顔の布を取って顔を見合わせた。心当たりのある顔だった。

「この男は数日前、道場に現れた男だな？」

「確か、中沢《なかざわ》何某と名乗った奴だ」

十日ほど前、重信のいない時、道場に現れて大野将監に試合を望み負けた男だと判明した。

「愚かなことをするものだ。無謀もいいとこだぜ！」

「林崎殿、ここは引き受けた。急いで行かないと大納言さまに迷惑をおかけするぞ」

「相すまぬ、お頼みします」

坂を小走りに下りて勧修寺家に向かった。

歩きながらフッとあの男を斬らないで済んだのではと思った。だが、確かに腕の立つ相手だったとも思う。

斬らないで勝つ剣法はあるのか。

重信は歩きながら考えた。

そんな剣法があるとは思えない。だが、鹿島で卜伝翁から無手勝流と聞いたことがある。逃げるが勝ちということかと思う。だが、武芸者はそう逃げてばかりもいられない。

星明かりの中を急ぎ足で南に下った。

勧修寺家は明け六つには門が開いた。ちょうど扉が開いたところに重信が到着した。

「大納言さまは？」

「はい、支度ができて間もなく出てまいります」

重信が大玄関に走ると老馬が引かれてきた。

「おう、来ておったか？」

尹豊が玄関に現れるとなにを感じたかしばらく重信を見ている。

「朝から血の匂いだな？」

「恐れ入ります」

「誰を斬った。盗賊か？」

「道場に恨みを持つ者にございます。将監さまと立ち合って負けたものとか……」

「待ち伏せされたか？」

「はい、仕方なく斬りましてございます」

「そうか……」

それ以上何も聞かず、尹豊が馬に乗ると家人と重信が轡を取って屋敷を出た。

第六天魔王

烏丸通りを五条大路まで行き東に向かう。

清水寺の南の東山を越えて川田まで行き、川田道を南に歩くと、宇治川に合流する山科川の近くに勧修寺がある。

二里余りの道のりだ。

亀甲山勧修寺は真言宗の寺で醍醐《だいご》天皇の開基である。

天皇が若くして亡くなった生母藤原胤子《いんし》を追善供養するため開基した寺で、胤子の父藤原高藤《たかふじ》が勧修寺内大臣と呼ばれたことから始まる。

寺紋は裏八重菊で皇室や藤原一族と縁の深い宮門跡寺院だった。

応仁の乱の兵火で伽藍は焼失し、本尊の千手観音像を安置してあるだけの寺になっている。

尹豊は再建に努力していたが、加賀や三河、備前など十八ヶ所にあった寺領を失い、江戸期に徳川幕府と皇室の支援でようやく復興される。

藤原北家の藤原高藤の家系を勧修寺流という。

この家系は勧修寺を精神的支柱に、他の門流より結束が固く甘露寺、勧修寺、葉室、清閑寺、万里小路、坊城、中御門、芝山、吉田、梅小路、姉小路、池尻、岡崎、穂波、堤など分家や支流が多かった。

源氏物語の紫式部、その父藤原為時《ためとき》、紫式部の夫藤原宣孝《のぶたか》などはすべて勧修寺流である。

尹豊はその門流の老獪な総帥であった。

この勧修寺流は日記の家と言われ、紫式部日記など多くの日記を後世に残すことになった。

尹豊が勧修寺に到着すると、公家や僧など歌詠みたちが続々と集まってきた。

重信は楯岡城下の祥雲寺で楚淳和尚に和歌の手ほどきは受けている。尹豊に促されて一首だけ詠んだがこの日は不出来だった。

和歌は出来不出来がはっきりする。秀歌はなかなかに難しい。

集まった人たちは和歌の名手揃いで、重信は実に情けない不面目になった。

この日以来、重信は稽古が終わってから時々勧修寺家を訪ね、尹豊から和歌の指南を受けることになる。

翌元亀二年（一五七一）二月十一日、鹿島新当流の開祖塚原土佐守が亡くなった。卜伝翁と号し弟子の松岡兵庫助《まつおかひょうごのすけ》の家で死去、八十三歳の長寿を得た大往生だった。

重信は三十歳になった。

柳生家では嫡男柳生厳勝《よしかつ》が戦いに出て、鉄砲に撃たれて酷い重傷を負い刀を振るえなくなった。

この出来事で、衝撃を受けた柳生宗厳は、まだ四十五歳だったが柳生の荘に隠遁してしまう。

そこに産まれたのが、柳生家を一万二千五百石の大名にする五男柳生宗矩だ。やがて、剣豪柳生宗矩は徳川幕府の吏僚であり謀略家、政治家というに相応しい力を発揮することになる。

この頃、乱世は終焉を迎える激痛と大激動の中にあった。

将軍義昭と信長の間に疑心暗鬼が広がり、同床異夢であることが明らかになりつつあった。

将軍は幕府の再興を考え、信長は足利幕府ではない違う時代を考えている。

両者には埋めがたい溝ができた。

将軍義昭によって信長包囲網が形成され、石山本願寺、三好三人衆、比叡山延暦寺、浅井、朝倉などが織田軍を包囲する。

そんな中で京に近く、前年には浅井、朝倉軍を山に匿い、信長の浅井、朝倉を追い出せという要求に応じず、抵抗し続けた比叡山延暦寺が、九月十二日に織田軍によって焼き討ちされる。

千年にもなろうという比叡山延暦寺が命脈を断たれる危機に陥った。

山に火を放たれ延暦寺の覚恕《かくじょ》法親王以下、高僧たちは甲斐の武田家を頼って逃げる。

この信長の振る舞いに激怒したのが武田信玄だった。

王城鎮護の北嶺を焼き払うとは許せないとばかりに、天台座主沙門信玄の署名で、仏教庇護のため上洛すると書状を信長に送りつける。

上洛の機会を狙っていた信玄に口実を与えることになった。

信長は「ふざけるな、そんなことが上洛の理由になるか！」と怒り、第六天魔王信長の署名で返書を送った。

ここに乱世の龍虎の対決が決まる。

その頃、十月三日に小田原城の北条氏康五十七歳が死去して、信玄は後ろを北条に脅かされることなく動きやすくなった。

その上、信玄の義弟の石山本願寺の門主顕如光佐《けんにょこうさ》の協力で、上杉謙信には加賀、越中辺りで頻繁に一向一揆を仕掛け、謙信が南の信濃方面に動けないようにする。

信玄を援護するという顕如の高等戦略だ。

年が明けて元亀三年二月、七十歳になった勧修寺尹豊が出家、勧修寺紹可《じょうか》入道と法号を名乗った。

この年、紹可入道の禅の師である快川紹喜の弟子、虎哉宗乙《こさいそういつ》が伊達輝宗《てるむね》の招きで、梵天丸《ぼんてんまる》こと後の伊達政宗《まさむね》の学問の師として、米沢高畑の資福寺に入り住職になった。この時六歳だった政宗は虎哉宗乙を生涯の師とすることになる。

乱世の人と人が蜘蛛の糸のように複雑につながっていた。

神の剣士重信もそんな中にいる。

夏が過ぎ、秋になると、全ての支度を整え、かつてないほど充実した武田軍が遂に動き出した。

信玄は五十二歳で上洛戦を戦うには最後の機会だと覚悟して、十月に入ると甲斐を三万の大軍で発って遠江に侵攻。

この武田軍に立ち向かうのが浜松城にいる徳川家康軍八千人だ。

信長は家康の要請で、浅井長政の小谷《おだに》城を攻撃中だったが、わずか三千人を織田軍から抜いて援軍を浜松城に送り出す。

家康は一万千人の織田、徳川連合軍で三万の武田軍と戦わなければならない。だが、名将武田信玄と戦えば結果は見えている。

この時、家康は三十一歳だった。

案の定、三方《みかた》が原《はら》で信玄に襲いかかった家康は、返り討ちにあい九死に一生の大敗北で、追われに追われて浜松城に逃げ帰った。

ところが時代の動く時は神のみぞ知る。大きなうねりが乱世を翻弄することになった。

この夜、信玄が大量の血を吐いて陣中で倒れる。

長年、死病を抱えていたのだ。

それが、寒い時期の長い遠征で急激に悪化した。

その信玄の凄まじい執念はここからだった。病にもかかわらず甲斐に戻ろうとはせず、年が明けると野田城を攻撃、体を引きずりながら長篠城に入って、病気の療養をしながらそれでもなお上洛しようとする。

信長と決戦しようとする信玄は鬼神というしかない。

だが、信玄の病は悪化するだけで好転しない。果たして天祐は信玄にあるのか、それとも信長にあるのか。

信玄と信長の戦いの趨勢は誰にも分からない。

京では信玄の上洛を信じて待つ将軍義昭が、信長に対して挙兵し旗幟《きし》鮮明《せんめい》にして戦う構えを取った。

やがて信玄が大軍を率いて上洛すると信じてのことだ。

南からは三好三人衆が京を目指してくる。浅井、朝倉軍が北から京に来るという、根拠のない流言飛語が飛び交った。

重信は三年間の京での修行が終わり、大野将監と勧修寺尹豊に別れの挨拶をして京を出立した。

別れに先立って将監は重信と立ち合ったがとても勝てなかった。将監鞍馬流の二代目は林崎甚助であると決める。

重信は東に向かったが南近江には将軍義昭の軍勢が動いていた。

噂で信玄が三河にいることを知っている重信は、東海道を避けて中山道から武蔵に向かうことにした。

重信が向かおうとしているのは武蔵一ノ宮だった。

そこには重信の叔父高松良庵《たかまつりょうあん》がいる。

良庵は父数馬の弟で一ノ宮の社家でもあった。以前、平兵衛と十郎左衛門を連れて立ち寄ろうとした時は遠慮した。

もちろん、重信は良庵の顔を知らない。

六歳で父を失った重信は父の顔をうっすらと覚えているだけだ。その父が生きていれば五十二歳になるはずだと思う。

重信は戦いに巻き込まれないように急いで美濃を通過した。

その頃、信玄は長篠城で瀕死の重体になり危険な状態にあった。

東美濃の岩村城を武田軍の秋山虎繁《あきやまとらしげ》が奪い取っていて、重信のような他国者が美濃をうろつくのは極めてまずいのだ。

重信は武田家にも織田家にも縁者がいない。

捕縛されれば間違いなく間者と間違われる可能性がある。その時は、勧修寺尹豊の名を出すしかないがそうはしたくない。

旅は日に八里も歩けば充分だが、重信は夜明け前に旅籠を出て、夕暮れまで急ぎに急ぎ歩きに歩いた。

妻籠《つまご》、上松《あげまつ》、福島と信濃に入ってまずは一安心だ。

もうすぐ下諏訪というところまで来て重信が道に立ち止まった。

「おう、林崎殿！」

笠をかぶっていて見逃すところだったのは、小田原城で重信が立ち合った風魔の幻海だった。

「幻海殿、このようなところでお会いするとは……」

「天下などというが狭いものでござるよ。これから京にいく旅じゃ」

「それがしは京からまいりました。小田原の松田さまと出羽守さまはお元気でございますか？」

「あの二人は殺されても死なぬようだ。ところで、京の様子はいかがでしたか？」

幻海が肝心なことを聞き、傍の土手に座るよう促した。小田原の北条家は武田家と和睦してごくわずかだが、信玄の上洛軍に援軍を出している。

「京は将軍の出陣で大騒ぎにございました。南近江に陣を敷いておられるようで、武田さまが間もなく上洛してくると、京の人々は歓迎しておられる様子です」

「信玄が上洛すると？」

「そのように噂されています。越前から朝倉さまも上洛されるということでした」

「なるほどな……」

幻海が顎鬚をむしって考え込んだ。

「何か腑に落ちないことでも？」

「うむ、武田軍の様子がおかしいのだ……」

「武田軍が？」

「さよう、三河の長篠城に入って二ヶ月近く動かないのだ。何んとも解せぬ？」

「それは確かに不思議なことです。もしや何かあって武田軍が甲斐に戻るのではありませんか？」

「何かとは？」

「それはわかりません」

重信は上洛戦を切り上げて甲斐に戻らないと、田植えに間に合わなくなると感じて何気なく言った。

その重信を幻海が怖い顔でにらんだ。

「信玄入道が戦を中途半端にして、投げ出すことなどないと思うがな？」

「なるほど……」

「なぜ三河から動かないのかがわからないのだ」

「されば間もなく四月ですから、甲斐に戻って支度をしないと、田植えができなくなり、田植えが遅れれば、秋の収穫が重大なことになりかねない、それでも信玄さまは京へ進軍されると思いますか？」

「さすがに林崎殿は鋭い、そこが大きな問題でな。そうであればそろそろ動く頃、どうも信玄入道が何を考えているのか分からない……」

「それでは軍内に何かあって、信玄さまは動けないのではありませんか？」

「軍内に？」

重信の言葉に幻海が驚いた顔をした。

信じたくないことだが、幻海は信玄が動けないような、重い病に罹ったのではないかと聞いていた。

風魔たちも必死で信玄の様子を探っていたが、警戒が厳重で信玄の身辺には近づけない。この時、信玄は陣中で瀕死の状態にあった。

結局、それを探り切れずに信玄が、道中で死んでしまい甲斐に帰還すると、信玄の生死を疑った北条氏政が、甲斐に信玄の顔を知っている使いを出す。

それでも信玄の影武者を見破れなかったという。

信玄は三年間、その死を隠せと遺言した。乱世は味方でも騙さなければ、生きていけない過酷な時代でもある。

「林崎殿はこれからどちらへ？」

「武蔵一ノ宮までまいります」

「そうですか。また小田原でお会いしたいものですが？」

髭面がニッと笑う。

幻海は東海道を行かずに、小田原から甲斐に入って下諏訪まで北上してきたのだ。

「そのうち松田さまをお訪ねしたいと思っております」

「うむ、それではまたお会いできますな？」

重信は急ぐ旅ではないが幻海は仕事を抱えての旅だ。

幻海が土手から立って塩尻に向かって行った。重信は下諏訪を通過して上野に入ると岩田村に立ち寄った。

「師匠ッ！」

田宮平兵衛と長野十郎左衛門が飛んできた。平兵衛は百姓家で小さな道場を開いていた。

「お師匠さま！」


重信の神夢想流を引き継ぐことになる二代目と三代目だ。十郎左衛門は背が伸びて別人のような顔だ。子どもは三日見ないと背丈も顔つきも変わるという。

「京はいかがでございましたか？」

座敷に座ると二人が身を乗り出して聞いた。

「京の北、鷹ヶ峰の大野将監さまに鞍馬流を学んできた。京八流と言われる古武道で京流、吉岡流、中条流、念流などがそれだが、良い技が多く残されているということで、よい修行になった」

「そうですか、それはようございました」

「明日から稽古しよう」

「お願いします」

翌朝から三人の激しい稽古が始まった。

この数日後、四月十二日に長篠城から甲斐に戻る途中、乱世の名将武田信玄は信濃阿智《あち》村駒場を行軍中に輿の中で落命する。五十三歳だった。

天祐は信長にあり。

七月になり将軍義昭と織田信長が激突、義昭は宇治槇島城の戦いで敗れ京から追放された。

返す刀で、信長は朝倉義景を越前一乗谷城に追い詰め、義景は家臣に裏切られて八月二十日に自害する。

越前から戻った信長は小谷城の浅井長政を追い詰め、長政は援軍を失いお市姫を信長に返すと八月二十八日に自害。ここに義昭の信長包囲網が瓦解した。

重信は秋になると一人で岩田村から武蔵一ノ宮に向かった。

高松良庵

中山道から武蔵一ノ宮の参道に入り社家の高松家に向かった。

叔父の良庵と会うのは初めてだ。だが、良庵は重信の記憶にある父数馬とよく似ていた。

「甚助か？」

「はい、叔父上、お訪ねするのが遅くなりましてございます」

「よい、よい、まずは色々話を聞かせてくれるか？」

良庵は重信が数馬の仇討をしたと、志我井の兄伝左衛門からの知らせで知っていたし、志我井の死後、重信が廻国修行に出たことも知っている。

楯岡の伝左衛門の気遣いだ。

若い頃、自らも剣を修行した良庵は、重信の開いた神夢想流という技を見たいと思っていたのだ。

重信が高松家に現れた時、良庵の若い妻登勢《とせ》は懐妊していて臨月に入っていた。

その子は従弟の高松勘兵衛《かんべえ》信勝《のぶかつ》となり重信の弟子になる。

「まず、兄上の仇討の話から聞こうか？」

良庵は重信を急かして夜遅くまで話を聞いた。

二人にとっては唯一の近い血縁なのだ。

良庵と重信の浅野家は土岐《とき》家から分かれたが、美濃にも京にも楯岡にも近い親戚はいなかった。

土岐一族は大きな一族で浅野、明智、石谷、下石、多治見、小里、蜂屋、原、乾、肥田、仙石、荻原、徳山、妻木、金森、深沢、舟木、高井、饗庭、揖斐などの支流があり、赤穂の浅《あさ》野《の》内匠頭《たくみのかみ》や幕末の坂本《さかもと》龍《りょう》馬《ま》は土岐一族だ。

家紋は水色桔梗だが重信の父数馬は、桔梗紋に近い片喰紋を使っていた。

二人は相談して、翌日から重信と良庵の稽古が始まり、高松家の近くに百姓家を借りて道場にした。

暮れになって良庵の妻登勢が男子を出産する。

重信と良庵の猛稽古が続き、神夢想流の神伝居合抜刀表二十二本を伝授した。

この年の七月二十日、信長に京を追放された将軍義昭は、秀吉に送られて、妹が嫁いでいる三好義継の河内若江城に入った。

ところが、征夷大将軍職が欲しい信長は、義昭を殺しておくべきだったと気付き、若江城攻撃に佐久間信盛《さくまのぶもり》と織田軍を派遣。

それに気付いた義昭はいち早く十一月五日に若江城を発って堺に逃げてしまう。

佐久間信盛が若江城を攻撃したのは義昭逃亡の五日後だった。

将軍の逃げ足が実に速かった。

信長が将軍殺しを嫌い追放したために、義昭はこの後、備後鞆《とも》の浦《うら》に逃げ鞆幕府を開いて政権の形を取る。

そのため、朝廷は義昭を将軍と認め、信長と秀吉が朝廷に交渉しても、将軍義昭が鞆の浦で幕府を開いているといい、二人とも征夷大将軍にはなれなかった。

義昭が将軍を辞任すると、徳川家康が空いている将軍位にいともあっさりと就くことになる。

乱世は何から何までややっこしいのである。

その将軍義昭が堺に逃げていたのだが、年が明けると気晴らしに御前試合を行った。

この時、播磨の生まれで、若い時に会得した十手術という、不思議な武器を使う剣客がいた。

技が珍しいこともあって、新免無二斎《しんめんむにさい》という名前が知られている。

その無二斎が修行中で堺にいることが分かり、御前試合に召し出された。その対戦相手が将軍の剣術師範を務めてきた吉岡流だった。

吉岡憲法直元の孫で、強いと噂の吉岡直賢《なおかた》が早速に京から呼ばれた。将軍の剣術師範として負けられない吉岡流だ。

征夷大将軍の前での試合で、剣客にとってはこの上ない栄誉である。

将軍は武家の棟梁なのだから、これ以上の試合は望むべくもない。後は天子の前で行う天覧試合しかない。

御前試合も天覧試合も滅多に行われるものではなかった。

新免無二斎はもう三十代半ば、直賢は二十を二つ三つ過ぎた年格好で、若々しい良い試合が期待された。

二人は将軍に一礼してから対峙する。

直賢は木刀だが、無二斎は兜割といわれる長さ二尺ほどの鍛鉄の棒と、少し短い一尺ほどの棒を持って構える。この十手術や兜割の武具は室町中期に産まれた。無二斎は竹内流の捕手術を学び、一尺から三尺ほどまでの鍛鉄の棒を使う技を磨いた。

新免無二斎は一尺と二尺の鍛鉄棒を両手に持って二刀剣法の構えだ。一刀剣法と二刀剣法があり、その技を当理流と称していた。

「始めッ！」

直賢の父直光が叫んだ。この時、吉岡憲法直元は病臥していたが、京の五条でまだ生きていた。

直賢は中段に構えているが、無二斎の構えは二本の鍛鉄棒を揃えて前に出し、長い方をそのままに短い棒を逆手に持つと後ろに隠した。

見たことのない不気味な構えだ。

短い鍛鉄棒が見えないところから手裏剣のように飛んでくる恐怖がある。

上段に剣を上げて「ウオーッ！」と直賢が誘う。

祖父の憲法直元から無二斎のことを聞いていて、隠れている腕を狙えと教えられたことがある。

直賢が上段から踏み込むと、無二斎の右手の長い棒がガキッと受け止めた。瞬間、直賢が木刀をサッと引いた。左手の短い棒が出てくると感知したからだ。直賢は左に回って短い棒との間合いを少し遠くした。

それを嫌うように無二斎が長い棒を振り上げ襲いかかる。

素早く弾いて直賢は短い棒の動きを見た。それに気付いて無二斎がサッと直賢から二間ほど離れた。

なかなか難しい勝負になった。

直賢は祖父の教え通り、見えている長い棒より見えていない短い棒の動きを見逃すまいと神経を集中している。

無二斎は直賢の動きを見て若いが強いと感じた。一足一刀の微妙な間合いを取りながら慎重になる。

そんな無二斎の動きを読んで直賢が踏み込んだ。

その瞬間、無二斎は二本の鍛鉄棒で木刀を十字に挟んだ。

だが、直賢の動きが早かった。動きが止まると危険だ。スッと無二斎から離れる。

それに無二斎がついてきた。

瞬間、素早い動きだった。

無二斎の長い鍛鉄棒が直賢を襲う。

それを木刀で跳ね返すと、一尺の短い棒が直賢の胴を突いてきた。それが必殺の狙いだ。

踏み込んだ直賢の木刀が、無二斎の左腕を軽く叩いていた。短い鍛鉄棒がカランと地面に落ちた。

「それまでッ！」

吉岡直光が試合を止めた。

この勝負から新免家と吉岡家の戦いが始まる。

新免家は名門播磨守護の赤松家の支流で、赤松家は六代将軍義教《よしのり》を暗殺した赤松満《あかまつみつ》祐《すけ》以来衰退していた。そこに生まれたのが後の武蔵であった。

この時は新免武蔵《むさし》こと宮本《みやもと》武蔵はまだ産まれていなかった。この十年後に播磨高砂で辨之助《べんのすけ》こと武蔵が産まれる。

京にいた頃、重信は大野将監から新免無二斎のことは聞いていた。新免無二斎と吉岡直賢の御前試合のことは、後に重信も耳にすることになる。

武蔵一ノ宮氷川神社は重信に神夢想流を伝授したスサノオを主神とする。

甚助重信の師はただ一人そのスサノオである。

氷川神社の創建は五代孝昭《こうしょう》天皇三年（前四七三）の四月と古く、神代に近い頃にお祀りされたもっとも古い神社である。

出雲国造族が遥かな昔に、この地に移って切り拓いたと言われ、氷川は出雲の簸川《ひかわ》だとも言われる。由緒の正しい神社なのだ。

氷川神社の鳥居前町として栄えており、この十数年後、浦和宿と上尾宿の間に「大いなる宮居」と称され大宮宿が生まれる。

平貞盛《たいらのさだもり》がこの神社に祈願し、将門の乱を平定したことから、武家に広く信仰されることになり栄えてきた。

氷川神社の祭神がスサノオで、林崎熊野明神と同じ祭神であることから、毎朝、暗いうちに社殿に向かい重信は参拝した。

神との約束を絶対に守らなければならない。

その重信の小さな道場にも良庵を最初に一人、二人と門人が増えて五人ほどになった。正式な道場主は良庵で重信は師範代だ。
二、三ヶ月一ノ宮にいると、上野の岩田村に出かけて一ヶ月ほど逗留する。
そのうち、平兵衛と十郎左衛門が、廻国修行に出たいと重信に申し出た。剣客にとって剣の修行は避けて通れない道のりだ。

「師匠、二人で廻国修行に出たいと考えております」

平兵衛が切り出した。

「おう、それはよいことだ。それでまずどこへ？」

「まずは小田原から京などを回ってまいりたいと思います」

「京か、諸国には色々な武芸者がいる。決して無理をせず気をつけるように、用心にも用心をして……」

「はい！」

二人の廻国を重信は良いことだと快く了承した。

翌天正三年（一五七五）春、一ノ宮の道場に平兵衛と十郎左衛門が現れた。二十一歳になった十郎左衛門は、背中に三尺を超える長い刀を背負っている。

「長い刀だな？」

「はい、三尺三寸にございます」

「ほう、抜いてみるか？」

「はい！」

十郎左衛門は長い太刀を腰に差すと、抜く構えを取って一気に太刀を引き抜いた。スルスルと鞘走って逆袈裟に斬り上げた。

「よい、それでよい、よく抜けた。そなたが精進したからだぞ」

「はい！」

重信が十郎左衛門を褒めた。

十郎左衛門が、平兵衛に神夢想流の手ほどきを受けてからほぼ八年になり、若き剣士に育っている。

この長野十郎左衛門は廻国修行を続けながら、一宮左太夫《いちのみやさだゆう》や上泉伊勢守の孫上泉秀信《ひでのぶ》を弟子にするなど、この後、彦根藩主井伊直政に五百石で仕え、長野無楽斎槿露と名乗り九十歳の長寿を生きることになる。

その無楽流居合は秘伝の無意一刀、心目付、先帰位、極意の万事抜、秘相伝の投木身曲、柄砕、籠手搦、髻詰、頤詰、子鬢反、菱折、脇差などを伝えている。「まろくとも丸かるべきは心なれ　かどのあるにはもののさわるに」と伝わる。

田宮平兵衛は廻国修行を続け、やがて子の対馬守長勝は田宮流居合を名乗り、姫路城主池田輝政に仕える。

その後、紀州和歌山藩主徳川頼宣に九百石で仕え、井沢源太左衛門《いざわげんたざえもん》、三輪源兵衛《みわげんべえ》など優秀な門人を育てる。

「刀を抜かずして左は鯉口を持ち、右は脇差の柄にかけて敵に詰め寄り、敵の太刀をおろす頭を、先に刀の柄にて敵の手首を打ち、その拍子に脇差を抜きて勝つことを専らとする」これを行合といい得意とした。

平兵衛の孫、田宮掃部長家《かもんながいえ》は、三代将軍徳川家光《いえみつ》の上覧に供して賞され、大いに家名を高めることになる。

この後、田宮流居合は紀州藩を中心に全国に広がった。

二人は一ノ宮の道場に一ヶ月ほどいたが、意気揚々と小田原に向かって旅立って行った。

この年の五月二十一日に、乱世の戦いが弓や槍、太刀から南蛮渡来の鉄砲という新兵器に大きく変わることになる、長篠設楽が原《ながしのしたらがはら》の戦いが行われた。

時代が変わる。乱世が終焉する。

その時代の表舞台にいたのが信長で、裏にいたのが剣神になる甚助重信だったのかもしれない。

武田信玄が育てあげた騎馬軍団が、信長の育てた鉄砲隊に全滅させられた。

信玄亡き後、武田家を引き継いだ武田勝頼は、甲斐から一万五千の武田軍を率いて来て、一万二千人の死傷者を出してしまい、信玄が育てた老将たちをこの戦いですべて失った。

武田家の滅亡を早めたと言われるほど鉄砲の威力は凄まじかった。

戦いの詳細を重信が聞いたのは京に上ってからだ。

この年、後に重信の弟子になり、片山流居合の開祖となる片山伯耆守久安《かたやまほうきのかみひさやす》が、紀州和歌山に産まれた。

伯耆守は重信から神夢想流を伝授され、片山流居合の開祖となり関白豊臣秀次、豊臣秀頼《ひでより》に仕え、吉川広家《きっかわひろいえ》に招かれ周防岩国玖珂祖生《くがそお》村に客人として住み、剣術師範として多くの門人を育てる。

この頃、信長はいよいよ西国を攻略しようとしていた。時代の潮流は巨大な渦になろうとしている。

その西国には優将毛利元就の跡を継いだ輝元がいる。

国人領主から身を起こし、安芸、周防、長門など十ヶ国を、大内《おおうち》家や尼子《あまご》家から奪い取った元就によって、毛利氏は勢力を拡大していた。

信長が放置できない西国の巨大大名だ。

信長の岐阜城に、その毛利の勢力圏内にある播磨の黒田官兵衛《かんべえ》が来ていた。

信長を高く評価する官兵衛は臣従するため岐阜城に姿を見せたのだ。黒田官兵衛を大いに気に入った信長は名刀へし切長谷部《きりはせべ》を贈る。

この時、新免無二斎はその官兵衛に仕官したばかりだった。

秋になり重信は一ノ宮を去ることにした。

「叔父上、冬になる前に、京にまいりたいと思います」

「そうか、いつまでもここに留まれないか、いいだろう。出羽に帰る気はないのか?」

「はい、まだ修行の途中ですから……」

「そなたが出羽を出た翌年に深雪殿がそなたの子を産んだと聞いたぞ……」

「深雪が?」

重信は初めて子どもが産まれていることを聞いた。

驚いたがあの深雪なら立派に育てるだろうとも思う。重信が出羽楯岡を出てもう十三年になる。

「子の名は甚助といってな、菊池家で育てられているそうだ。深雪殿は千谷の方さまにお仕えしておられるが、その子は武家にしたくないようだとのことだ」

「深雪がそのように？」

「うむ、高森伝左衛門殿が知らせてきたが、そなた一度も楯岡に帰っていないそうだな？」

「はい、もうしばらくは……」

重信は薫が二人の子を産んで亡くなってから、深雪に近寄るとその深雪も神に連れて行かれると恐怖さえ感じるのだ。

盲目の剣豪

重信が一ノ宮を出たのは秋も深まった十月だった。

叔父の高松良庵から一度は出羽に帰れと促されたが、まだ、どうしてもその気にならない。

深雪には会いたいと思う。だが、足が出羽に向かわなかった。

中山道から小山、宇都宮に向かえば奥州街道だ。重信は逆に信濃下諏訪に向かっていた。

深雪のことを思うと郷愁が胸いっぱいに広がる。神の剣士は人の子でもある。

晩秋の信濃路は白樺の白さと黄色の葉が美しい。張り詰めた秋空には雪の来る緊張が広がっている。

重信は京に向かっていたが、その途中で訪ねたい人があった。

それは京の鷹ヶ峰の大野将監から聞いた、越前の中条流富田五郎左衛門《とだごろうざえもん》だった。

中条流は中条《ちゅうじょう》長秀《ながひで》が中条家の家伝刀法に、京八流の念流を取り入れて工夫した小太刀の剣技である。

将監流とも近い剣であった。

その中条流が越前朝倉家の家臣富田九郎左衛門《くろうざえもん》に伝わり、その孫の五郎左衛門に伝承されて繁栄した。

それは、五郎左衛門の剣客としての力量は当然だが、弟の治部左衛門《じぶざえもん》と、甥の名人越後と言われる富田重政《しげまさ》が優れた剣客だったからでもある。

重信は富田五郎左衛門にどうしても会っておきたかった。

中条流は二尺もない短い太刀で、三尺の長い太刀と戦う剣法だった。長い太刀を使う重信は見ておかなければならない技だ。

越前の朝倉家は二年前に信長の攻撃を受け滅んでいる。同盟していた北近江の浅井家も同時に滅んで、近江も越前も信長の支配下にあった。

重信は近江の湖東まで出て長浜、木ノ本と小谷道を北上する。

越前は雪の多い国で、重信の育った出羽の国とよく似ている土地柄だが、まだ雪は来ていない。

越前に入った重信は鯖江城下から山に入り富田道場に向かった。

富田道場は曹洞宗本山永平寺の南に二里半、越前朝倉一乗谷城の南に十五、六町ほど、一乗川の支流の傍にあった。

両側に小高い山があり、その山の間の狭い平地に富田屋敷がある。

一乗谷城と城下は織田軍によって焼き払われたが、城から少し遠いこともあって富田道場は辛うじて残った。

重信は道場ではなく富田家の玄関に向かった。

「ご免！」

「はーい！」

案内を乞うと玄関に出てきたのは女人だった。

「それがしは林崎甚助と申します。京の大野将監さまのご紹介で、こちらのご老師さまにお会いいただきたくまいりましてございます」

重信が懐から古い紹介状を出して女人に差し出した。

「お取次ぎ願います」

「承知いたしました。しばらくお待ちください」

紹介状を持って女人が奥に消えたが、すぐ戻って来て「どうぞ……」と重信を屋敷の奥に案内した。

座敷の主座に剃髪した盲目の老人が座っていた。

その盲目の老人が腰に短めの脇差を差している。静かな佇まいだ。呼吸が見えない。殺気もない。

傍に老人の門人と思える男が二人控えていた。重信は右脇に鞘ごと抜いて乱取備前を置いた。

「お初に御意を得ます。出羽の林崎甚助にございます」

重信が盲目の老人に頭を下げた。

その瞬間、眼の見えない老人が脇差の鯉口を切って柄を握った。重信も脇差の鞘口を切り、片膝を立てて抜く寸前の構えを取った。

後の先で遅れを取っていない。

「見事！」

老人が鯉口をパチンと戻した。

「ご無礼を仕りました」

「いやいや、抜いておればわしが斬られておったわ。林崎殿と申したな？」

「はッ、神夢想流を名乗っております」

「うむ、京の将監殿からそなたの名は聞いておった。将監殿が勝てなかったとな」

「恐れ入りまする」

「将監鞍馬流の二代目とも聞いたが？」

「勿体ないことにございます」

盲目の老人がニッと小さく笑った。

「富田流は将監殿の鞍馬流と同じ京八流の中条流ゆえ、元祖は鬼一法眼さまでな。わしと将監殿は義兄弟なのじゃ。よく訪ねてくれた」

「有り難いお言葉にございます。よしなにお願いいたします」

「わしは眼病を患って目が不自由になった。富田流はわしの弟、そこにいる治部左衛門に譲って入道したのだ。名は勢源《せいげん》と改めた」

「勢源入道さま？」

「にわか作りの入道でな。まだ色気も残っておる。困ったものだわな」

この時、勢源入道は五十を少し超えていた。

「道場で汗を流すがいい。剣客は道場が一番似合うのよ」

「有り難く存じまする」

「治部……」

「はい、富田治部左衛門でござる」

「ご厄介をおかけいたします」

「そこにいるのが山崎左近将監《やまざきさこんしょうげん》、富田の三剣といわれる門弟だ。他は道場でお引き合わせいたそう」

「お願いいたします」

山崎左近将監は四十前後の落ち着いた剣士だ。治部左衛門と左近将監は勢源入道の仕掛けに、後の先で反応した重信を只者ではないと驚いた。

勢源入道が二人の弟子に見せるため仕掛けたと重信は見抜いている。勢源入道に殺気はないが、二人にはピリピリとした緊張を感じた。

既に重信との戦いが始まっている。

「では、道場に案内いたそう」

重信は「失礼いたします」と勢源入道に挨拶して、治部左衛門と左近将監に続いて座敷を出た。

「どんな男だ？」

勢源入道が傍の女人に聞いた。

「年の頃は三十過ぎ、五尺七、八寸、痩身にて相当鍛錬されたお方かと。越前にはいない美男子にございます！」

「ゲッ、お幸《ゆき》は美男子が好きか？」

「はい、醜男よりは好きです」

「そう気が強いと貰い手もなければ、好きになっても逃げられるぞよ……」

「嫁ぐのは一度で結構、もう、どこにも嫁に行く気はございませんので、伯父上、そのおつもりで！」

「何んとも、困ったことを……」

お幸は治部左衛門の娘だが、あまりにも気が強く、嫁ぎ先から戻された出戻り娘で、口の悪い村人は鬼姫とか夜叉姫という。

富田流小太刀の名手なのだ。歳は二十三で子はいない。お幸が出戻って来てから富田家はお幸に仕切られ占拠されている。

道場の剣士たちも勢源入道も、治部左衛門もお幸には迂闊なことを言えない。

「出戻りのどこが悪いのですか？」

「気が強くてどこがいけないのですか？」

大真面目に聞かれると剣豪勢源入道でも、波立たぬよう世間相場のありきたりなことしか言えない。

乱世の女は運命に従いながらも、たくましく力強く生きている。

女は弱いというのは大嘘なのだ。

誰でも強く生きなければ乱世は生き残れない。

戦いに敗れて売り払われようが、掠奪され、強姦されようが犬に噛まれたほどの痛みもない。

戦場には命がけで春を売る女たちさえ出没する。

乱世の女は女々しくない。

泣いていては生きられないのが乱世なのだ。そんな中でお幸は少しばかり、人より気が強くしっかりしているだけだ。

重信は渡り廊下を通って道場に入った。

十五人ほどしかいないが大きな道場だ。信長が朝倉家を滅ぼすまでは二百人から三百人の門弟が犇めいていた。

道場の羽目板に沿って中ほどまで行って、乱取備前を置いて正座すると門人の稽古を見た。思いの外、激しい稽古だ。

「止めーッ！」

治部左衛門が稽古を止めた。

門弟が一斉に羽目板まで下がって正座する。どの顔もみっちり稽古を積んだ強そうな門人だ。

たいがいその眼光を見ると強さがわかる。

治部左衛門が紹介した富田流の三剣、左近将監の他に、この門弟の中にあと二人いることになる。

重信が見渡した。

「みなに紹介する。京の鞍馬流大野将監さまの紹介で、入道さまを訪ねてまいられた神夢想流の林崎甚助殿だ。入道さまのお許しが出たので一緒に稽古をしていただくが、まずは、立ち合いをお願いしたいと思う！」

「おーうッ！」

静まり返った道場に声が響いて末席の男が立ち上がった。

「おう、小次郎《こじろう》ッ、やるか！」

「はッ、お願いいたします！」

「林崎殿、お願いできますかな？」

治部左衛門が重信に聞いた。

既に対戦相手が立っているのだから、お願いできますかもないもんだ。

「承知いたしました」

重信は懐から紐を出して襷をかけ、紐の鉢巻をして戦いの支度をすると、刀架から木刀を取って二度、三度と素振りをして重さを確かめた。

小次郎という若者は三十を一つ二つ越えたかと思われる。後に新免武蔵と西国の舟島で戦うことになる津田《つだ》小次郎だ。

佐々木という名は小次郎の死後、百六十四年後に物語でつけられた根拠のない姓でしかない。

小次郎は小太刀ではなく、長い木刀を持って道場の中央に出てきた。

中条流、富田流は二尺未満の小太刀を得意とする。だが、富田流の三剣といわれる山崎左近将監、鐘捲通宗《かねまきみちむね》、長谷川《はせがわ》宗喜《むねのぶ》と稽古しているうちに、小次郎はいつしか長い太刀を使うようになった。

立ち合いでは長い刀が多少有利と言われており、小次郎は三剣に長い木刀を持たされ、稽古相手をさせられたのだ。そんな役回りだ。

勢源も小次郎に長い太刀を許した。稽古相手の小次郎を有利にしておいて三剣は腕を磨き合った。

小次郎にしてみれば傍迷惑もいいところだが、そこは秀才小次郎で長い刀のまま秘剣を会得して厳流を名乗ることになる。

「お願いいたします！」

「こちらこそ！」

二人は治部左衛門に一礼してから向き合った。互いに中段で構えた。

「始めッ！」

二間半ほどの間合いで相手の動きを窺う。ゆったりと隙のない良い構えだと重信は思う。

その時、道場の入口にお幸が現れ、そっとその場に座った。

三章　秘　剣

無明剣

小次郎はゆっくり右へ右へと回った。

静かに立つ重信の構えは隙があるようで隙ではない。小次郎は警戒してなかなか踏み込まない。

剣先がぴくぴくと動いて間合いを見る。その間合いを一歩詰めた。

気合声が道場を震わせるが、小次郎は二間半から間合いを詰めない。右へ右へと回る。その足が止まった時に踏み込んでくると重信は見切った。

道場の視線が二人の動きに集中している。

足が止まると同時にタタッと踏み込んで小次郎が上段から打ち込んだ。

若々しく勢いのある剣風だ。

だが、重信の動きが一瞬速かった。小次郎の木刀を弾くと同時に、左胴から右脇の下へ逆袈裟に斬り上げた。

神伝居合抜刀表一本石貫、小次郎の体がうずくまるように膝をついて崩れた。

「それまでッ！」

「まいりました！」

重信が二間ほど下がって正座すると、小次郎もその場に正座して重信に一礼した。

「強い……」

お幸が小さくつぶやいた。

「次ッ！」

治部左衛門が促す。

小次郎は三剣の下にいる富田流の強い剣客なのだ。次ということは三剣の誰かに出ろということだ。

山崎左近将監は後に中条山崎流を開き、信長から越前に領地を貰い、前田利家《まえだとしいえ》に仕え指南することになる。長谷川宗喜は長谷川流を開き、やがて豊臣秀次に指南するようになる。

「一刀斎《いっとうさい》ッ！」

治部左衛門が鐘捲通宗を呼んだ。

鐘捲は越前の名門印牧《かねまき》家の出自と言われ、戸田《とだ》という姓も持っていて、この頃、戸田一刀斎と名乗っていた。

この後、鐘捲自斎《かねまきじさい》と名乗り前原弥五郎《まえはらやごろう》を弟子にする。弥五郎は修練を積み伊藤《いとう》一刀斎となり、一刀流が各国に広がることになる。

治部左衛門に呼ばれて戸田一刀斎が立ち上がった。一刀斎が呼ばれるまで立たなかったのは、重信の動きが素早く見たことのない剣法だと思ったからだ。

木刀を握って立った戸田一刀斎は、四十を少し越えたかと思われる威厳と風格のある剣客だ。

この人は強いと重信には分かった。

重信から挨拶した。

「お願いします」

「こちらこそ……」

グイグイ押してくる圧力を感じる。

二人が治部左衛門に一礼してから、道場の中央で対峙した。殺気が充満して見ている者は息苦しい。できればこの場にいたくない。そんな立ち合いだ。

中段に木刀を出して構えた。

間合いは一間半ほどで近い。重信の居合は近間を得意とする。それを知ってか知らずか一刀斎は間合いを半間ほど詰めた。

木刀の切っ先にビリビリと一刀斎の殺気が伝わってくる。

重信は薄眼を開いて禅の随息観に入った。死んだように息をしているのかしていないのか分からない。

立ったまま殺気が消えて死人のようだ。

一刀斎はこの構えは何んだと考えた。この時、一刀斎は既に斬られていた。

重信の木刀の切っ先が、右に五寸ほど動いて前が空き、切っ先が三寸ほど下がった。誘いだ。

さすがに一刀斎だ。それを見切ったようだ。

その誘いに乗じ凄まじい気合と共に一刀斎が打ち込んできた。

その瞬間、頭上で一刀斎の木刀を受けると同時に、重信は一刀斎の左に回り込んでいた。

一刀斎が木刀を振り下ろしたまま動かない。

重信が一刀斎の目前から消えたのだ。既に、一刀斎は左脇の下から背中にザックリと斬り上げられている。

重信の木刀が天を突いてグイッと伸びた。

見事な残心だ。

さすがの一刀斎もガクッと膝をついた。

神伝居合抜刀表一本無明剣《むみようけん》、重信が初めて使った表技の秘剣だ。左脇の下から心の臓を真っ二つに斬り裂き、必ず敵を倒す無明剣だ。

誰もがあっけに取られている。

「まいった……」

これまで勢源入道以外、後れを取ったことのない一刀斎だ。

この勝負の後、神夢想流の居合抜刀は田宮流、無楽流、一宮流、一伝流、片山流、関口流、貫心流、水鷗流、無外流、タイ捨《しや》流、天心流、溝口流などの他にも、北辰一刀流、小野派一刀流など一刀流にも取り入れられ、江戸期には三百流儀以上に広がる。

これほどの広がりを見せる流儀は他にない。

その原点になる立ち合いがこの立ち合いだった。

二人が正座して一礼した。

お幸がサッと席を立って道場から消えた。

「伯父上、林崎殿は強いッ、小次郎と一刀斎が負けたッ！」

「お幸、どんな技だった？」

「一瞬です。小次郎は左胴から右脇の下へ逆袈裟に斬り上げられ、一刀斎は左脇の下から背中にザックリと斬り上げられた。林崎殿は半眼、死んだように呼吸が分からなかったよ。眼を瞑っているように見えた！」

「なるほどな……」

「伯父上、なるほどなではありませんよ。一刀斎が負けたのですから！」

「そなたが仇を取るか？」

「よろしいのですか？」

「止めておけ、そなたが林崎殿に勝つには百年かかるわな……」

勢源入道がおもしろいというようにニヤリと笑った。

「本当に凄いんだから、あんなに強い人を見たことありませんよ」

「そうか、神夢想流を教えてもらえ、そなたの好きな美男子に？」

「伯父上ッ、笑い事ではありませんッ！」

お幸がからかわれたと思ったのか怒った。

「分かった。わかったから、お幸、林崎殿と一刀斎、それに小次郎をここに呼んでまいれ！」

「はいッ！」

待っていたというようにお幸がバタバタと道場に走った。小袖に袴を穿いて長い黒髪は後ろにムンズと束ねている。

道場では稽古が中断していた。

「父上、伯父上が林崎殿、一刀斎、小次郎を呼んでまいれと……」

「そうか。林崎殿、一刀斎、小次郎、入道さまがお呼びだ。すぐ行け！」

治部左衛門が三人を呼ぶとお幸が勢源入道のいる座敷に連れて行った。重信は最後に座敷に入って末席に座った。

「林崎殿は禅をおやりのようだな？」

「はッ、曹洞禅を少々にございます」

「そうか、ここから曹洞宗の本山、永平寺までは二里ほどだ。明日、三人で行ってまいれ。わしも行きたいがこの眼ではお山に登れまい。お幸、そなたが案内してな？」

「はい、承知いたしました！」

一刀斎がお幸をにらんだ。醜男の一刀斎はお幸に惚れている。

小次郎は同じ年格好のお幸に、いつも鼻先であしらわれ怒っている。そこに重信が加わるのだから少々厄介な話になりそうだ。

いい男が三人にいい女が一人では嵐を呼びそうだ。

「入道さま、それがしが背負いますればお山へ……」

「伯父上、まいりましょう。屋敷に閉じ籠っては体に毒ですよ！」

「そうか。行ってみるか。道元《どうげん》さまにお会いするのも久しぶりだな。お幸、山門まで馬にしよう。そこから先は、小次郎、そなたが背負え……」

「承知いたしました」

小次郎が張り切って、勢源入道も永平寺に行くことで話がまとまった。

津田小次郎は一乗谷に近い越前宇《う》坂《さか》浄《じょう》教《きょう》寺《じ》村で産まれ、この辺りのことには精通している。

錦帯橋のたもとで燕を斬り修行したと言われるが、甲斐の猿橋を真似た錦帯橋ができるのは、この年の九十八年後で、小次郎が秘剣を修行したのは、錦帯橋ではなく正しくはこの近くの一乗滝である。

永平寺に行くのに、朝早く発てば昼過ぎには屋敷に戻れるし、ゆっくりでも夕までには充分に戻れる。

「ところで一刀斎、林崎殿の剣をどう見た？」

「はい、なかなか鋭い剣にて、不覚を取りましてございます」

負けたところを好きなお幸に見られて一刀斎は辛いのだ。

「少し、教えてもらうことだな？」

「そういたします」

「小次郎も学べ……」

「是非、お願いいたします」

「林崎殿、来春まで逗留できるかな？」

「はい……」

「そうか。一刀斎、若い者を一人、林崎殿につけるようにな？」

「はッ！」

「入道さま、それがしに大切なご門弟をつけてくださること、なにとぞお構いなく願い上げまする」

「うむ、ならばお幸、誰か年寄りはいないか？」

「五平《ごへい》では？」

お幸が小者の五平老人を選んだ。

勢源入道の意向で重信が来春まで越前で過ごすことが急に決まった。

勢源道場の門人と一緒に長屋に住むことになる。

翌朝、まだ暗いうちに眼の見えない勢源入道が馬に乗り、その轡を一刀斎と五平が取って屋敷を出た。

重信は京に戻る前に永平寺に立ち寄ろうと考えていたところだった。

一乗川沿いに北上して一乗谷城の焼け跡を右手に見て、一乗川が合流する足羽《あすわ》川に出た。

永平寺は足羽川と北の九頭竜《くずりゅう》川に挟まれた大仏寺山の中にある。

道元禅師が開いた深山幽谷の曹洞禅の大道場だ。

その永平寺は応仁の乱の兵火が山奥にまで及び、この頃は伽藍のほとんどが失われていた。

その回復に手間取っていた。

十九世祚玖《そきゅう》禅師が山を守っていたが、乱世で思うに任せず、堂塔伽藍が復興するのは江戸期に入ってからになる。

それでも深山の永平寺には道元禅師の息吹が守られ残っていた。重信は一刀斎と話しながらブラブラとのどかな日帰りの道行だ。

勢源入道が立ち合いの結果にこだわるなと弟子に教える旅だ。

だが、重信と一刀斎の話はどうしても剣の話になる。二人は道端に立ち止まって、立ち合いのことをあれこれと話し込んだ。

六人の永平寺行きはたっぷり刻を使って、夕刻に一乗谷の屋敷に戻ってきた。その夜、重信の歓迎の宴が開かれた。

翌日からは猛稽古が始まる。

それから半月もしないで越前に初雪が来た。海から吹き込んでくる越前の雪は、体当たりしてくる雪で、静かにノッと降る出羽の雪より厳しい。

そんな時、お幸が重信に「神夢想流を伝授して欲しい！」と願い出た。

「入道さまはご存じですか？」

「伯父上には許していただきました！」

「お父上さまのお許しは？」

「では、お教えすることはできません」

「林崎殿ッ！」

お幸が怒った顔で重信をにらんだ。亡くなった米沢の薫のようだと思い出す。

「わらわに勝てるのは三剣だけじゃ。それでも駄目だというかッ？」

胸を張ったが実際のところ、お幸は道場の最末席なのだ。そこを強気に言うのがお幸らしいところだ。

「お父上さまのお許しがなければ駄目にございます」

「強情な！」

話は逆さまで強情なのはお幸の方だ。

「なにとぞ、お許しをいただきますよう……」

「よしッ！」

怒って道場から出て行った。道場の稽古を中断して門弟が成り行きを見ている。

「こらッ、勝手に止めるなッ！」

左近将監が大声で怒った。

稽古が再開して四半刻、お幸がニコニコと機嫌よく戻ってきた。鉢巻をして小太刀を握っている。

剣豪の恋

道場に入ってくると、お幸は重信の前に正座した。

「よろしくお願いいたします！」

「承知いたしました」

重信は神夢想流の伝授を引き受けた。

席を立つと稽古の邪魔にならないよう、道場の入口に行ってやんちゃなお幸に神伝居合抜刀表三本、山越、水月、金剛を伝授した。

そこに治部左衛門が入って来て娘のお幸を見て渋い顔をする。

実は、お幸は父の許可を取っていなかった。重信に許可を取ってきたと思わせただけなのだ。

賢い。それに重信は気づいていない。

「この三本を繰り返してください。他は、また……」

「有り難う！」

あっさりいうと道場から出て行った。

お幸が何を考えているのか皆目分からない。

重信は一刀斎から富田流と一刀流を学び、お幸には春までかかって、神伝居合抜刀表二十二本を伝授した。

この後、戸田一刀斎は江戸に出て鐘捲自斎と名乗り、訪ねてきた前原弥五郎と出会い一刀流を伝え、一刀斎の名をも弥五郎に譲る。

富田流と一刀流の弥五郎は伊藤一刀斎と名乗り、廻国修行をして一刀流を諸国に広めることになる。

小次郎は関ヶ原の戦い後、丹後十二万石から九州豊前中津四十万石に移封され、小倉城を築城して中津城から移転する細川忠興《ただおき》に仕え、小倉へ行き多くの門人を育てることになる。

三十数年後、津田小次郎は小倉の舟島で新免武蔵と戦う。

武蔵はこの八年後に産まれる。

重信は冬を一乗谷の勢源道場で過ごし、春になると勢源入道に礼を述べて越前を発った。木の芽峠を越えて敦賀に出ると北近江から、風光明媚な湖西の道を南下し一路京に向かう。

三十五歳になった重信は神夢想流に絶対の自信を持ち、剣とは何か、居合とは何かなど深く考え始めていた。

十四年になる廻国修行の中で、必死で生きる多くの人と邂逅《かいこう》し、人々の優しさに触れてきた。誰もが飾らずに乱世を生きている。

世の中に殺気が充満した乱世は、殺伐とした殺し合いが日常だが、生来、人間は善なのだと重信は気づき始めていた。

一剣を以て大悟できるか。

それが神から授けられた神夢想流の究極だと重信は信じている。神の剣とは、神の剣士とは、重信はおのれの心の中に深く入ろうとしていた。

京に入った重信はいつものように宜秋門前の勧修寺家に向かった。

四年前に勧修寺尹豊は出家して紹可入道となった。七十四歳になる。実に元気で、老馬に乗って京の大路小路をフラフラと行く。

ほぼ毎日酔っている。

馬から落ちそうになるがこれまで落馬したことがない。乗っている者を振り落とすような元気のいい馬は買わない。馬はトボトボと歩いていれば充分だ。

「京は狭いのだからほどほどに歩く馬でよいわ……」

などという。

紹可入道は正親町《おおぎまち》天皇の信任が厚く、年に数度、禁裏に呼ばれて天盃を頂戴する。

時には恐れ多くも天酌を賜るほど信頼されている。

そんな時は、女官も下げて天皇と入道の密談だ。

紹可入道には牛車宣旨が下賜されていて、御所に乗馬のまま入れる数少ない一人だが、天子に対して不敬であるといつも一人で歩いて参内《さんだい》する。

泥酔して御所に泊まるが、気が付くと物置に放り込まれていたりする。そんな時は恥ずかしそうにすごすごと御所から下がる。

それを聞いた天皇が、「入道は歳を取って可愛くなったのう……」と、仰せられたことがある。

尹豊のそんなところが京人に愛されているのだ。

「内府さま、一献召し上がれ……」

路傍で商家から声がかかる。

「おう、そなたの他所《よそ》酒は格別にうまい。馳走になろうかのう……」

下馬して商家に入り酒を飲む。それを商家ではおもしろがっているのだ。若い頃から京人は親しみを込めて化け物公家という。

ほとんど酔っていない時がないのだ。

「甚助、どこに行っておった？」

「武蔵一ノ宮の叔父のところに二年、昨年暮れから越前の一乗谷におりました」

「そうか。朝倉は信長に滅ぼされたが、勢源は生きておったか？」

「はい、入道さまは眼病を患っておられました」

「剣豪が眼病か？」

紹可入道は久しぶりに、気に入りの重信が現れたことで上機嫌だ。

「それで、これからどこへ行く？」

「しばらく鷹ヶ峰の道場に厄介になるつもりにございます」

「ならば時々顔を出せるな？」

「はい、ところで入道さま、吉岡さまはお元気でしょうか？」

「それだが、憲法は亡くなった。将軍が信長に追放されたことで、吉岡流も下火になるだろうな……」

吉岡流は開祖憲法の卓越した力量と、将軍家の剣術指南をしてきたことが、繁栄の源泉だったが同時にその二つを失ったことは痛手になる。

紹可入道は権力に近付く危うさを重信に教えていた。

もちろん、重信は神の剣法である神夢想流をもって、剣の指南はしても権力に近付こうとは全く考えていない。

栄達を望んで仕官しようとも考えていなかった。神の剣法はごく限られた一部の人のための剣法ではないと思う。

この年、勧修寺家は信長の勘気に触れ大きな不幸に見舞われる。

重信は勧修寺家を辞して鷹ヶ峰の将監道場に向かった。

大野将監は大いに歓迎して重信を迎えた。将監は重信を将監鞍馬流の二代目と決めている。

翌日から重信を師範代に猛稽古が始まった。

門弟は三十人を超え、みな若々しく技術や力量はさほどではないが、鷹ヶ峰街道を行く人々が、足を止めて窓から覗きたくなるほど元気がいい。

若い者は「イヤーッ！」と大声で叫ぶのが剣術だと勘違いしているようだ。気合だけは剣豪並である。

そんな狭い百姓家の道場にひょっこりお幸と五平が現れた。

お幸は勢源入道の書状を持ってきたのだが、実は、書状は名目で重信を追ってきたのだ。一冬、重信と稽古をしたお幸は好きになった。

それを言葉の端々に感じた勢源入道が、重信は鷹ヶ峰にいるはずだと書状を持たせて使いに出した。

出戻りの夜叉姫はすっかりおとなしくなり、重信を思い出して絶えずため息をつく。

それを聞かされる勢源入道はたまったものではない。

「お幸、これを京の将監殿に届けてくれ……」

「伯父上……」

「いいから行ってこい。惚れたら女の踏ん張りで貫くことだな」

「うん！」

お幸は京に心を飛ばして一乗谷を飛び出した。鳶に油揚げを取られた戸田一刀斎こと醜男の鐘捲自斎が哀れだ。

ところが一刀斎も大慌てで廻国修行に飛び出した。

勢源入道は一刀斎がお幸に惚れていることを知っていて京に出したのだ。

お幸は用事が済んでも越前に戻る気配がない。将監の門人のような顔で毎日道場に出てくる。

そのお幸が小太刀の名手で、重信の一番弟子のような顔をするものだから、道場では大人気で稽古の順番待ちなのだ。

「さすがに富田流の姫さまだ。なかなか強い！」

将監が褒めるから調子に乗って手が付けられない。門弟たちも重信よりお幸と稽古をしたがる。

将監の教えは「気は長く心は丸く腹立てず己小さく人は大きく！」だから叱るわけにもいかない。

将監鞍馬流の流儀の歌なのだ。

「気は長く心は丸く腹立てず……」

門弟たちが口ずさむと人は知らず知らずに優しくなる。

越前を出た一刀斎が夏近くになって、鷹ヶ峰の将監道場に現れた。これには重信も将監も仰天した。

最も驚いたのはお幸と五平だ。

お幸と五平にはなぜ一刀斎が現れたのか分かっている。

男と女は因果なもので、去れば追い、追えば去る。言葉にできない葛藤が折り重なってしまうものなのだ。

剣豪戸田一刀斎は全て分かっていた。

ただ、愛し方が分からない。天才にはありがちな女との闇が広がっている。

この頃、織田信長は石山本願寺との戦いに手古摺《てこず》っていた。

一向門徒の多い西国毛利家が石山本願寺の支援をしていたのだが、中でも毛利家の水軍の中核である村上海賊水軍に一向門徒が多かった。

ところが信長は水軍を持っていない。

長島一向一揆との戦いでも、水軍がいないため二度まで大敗したが、二年前の天正二年六月に、伊勢志摩の九鬼水軍を使って、三度目にしてようやく陸と海から長島を挟撃し全滅させた。

信長は毛利の村上水軍を侮っていた。

七月十三日に、本願寺に兵糧など大量の武器弾薬を搬入しに現れた毛利水軍八百隻と、織田軍の九鬼水軍三百隻が木津川沖で激突。

かつてない大海戦になった。

九鬼水軍は村上水軍の焙烙玉《ほうろくだま》、焙烙火矢《ひや》の攻撃で燃え上がり、一刻半でほぼ壊滅させられた。

焙烙玉は陶器の玉に火薬や油を入れ、導火線に火をつけて敵の船に投げ入れる。陶器が割れたり破裂したりすると、船上はあっという間に火の海になる。

これには手のつけようがなかった。

九鬼水軍は海の藻屑となって消え、毛利水軍は石山本願寺に大量の支援物資を入れて引き上げた。

その信長は伊勢の領有を考え、北畠具教と戦いを繰り返した。常に不利な立場にあった剣豪北畠具教は信長の次男信雄《のぶかつ》を養子に迎え、娘の雪《ゆき》姫と結婚させたりする。具教は不智斎《ふちさい》と号して、三瀬谷《みせだに》の館に隠居したが、握っていた実権も前年の天正三年に養子の信雄に譲った。

それでも満足しない信長が、ついに具教の命を取りに来た。一年後の十一月二十五日に三瀬館へ織田軍を派遣、具教を殺そうと刺客も放った。

先だって、信長は具教の腹心佐々木四郎左衛門《ささきしろうざえもん》に秘かな命令を出す。それは具教を尋常では倒せないと考えたからだ。

「不智斎の太刀に刃引をしておけ！」

具教の愛刀の刃を引きつぶして斬れないようにしておけという。

三瀬館を襲撃された北畠具教は、剣豪の公家大名で強かった。

塚原卜伝や上泉伊勢守、宝蔵院胤栄、柳生宗厳、林崎甚助など、多くの剣客を世話してきた剣術好みである。

具教は斬れない太刀で戦った。

斬れなければ斬らずに敵を突き抜けばいい。もちろん、具教は太刀だけではなく槍も使う。

獅子奮迅の戦いで刺客を次々と倒した。

敵を十九人まで殺し百人を戦闘不能にした。だが、子の徳松丸《とくまつまる》、亀松丸《かめまつまる》が討ち取られ、家臣の剣客大橋長時《おおはしながとき》、松田之信《まつだゆきのぶ》、上杉頼義《うえすぎよりよし》など十四人が討死。

「おのれッ、織田の下郎がッ！」

次々と押し込んでくる織田軍に太刀を捨て戦い、槍を握って突進、死の舞を見せて剣豪らしく討死した。四十九歳だった。

北畠一門は織田信雄の田丸城内で皆殺しにされ、名門北畠家は完全に織田信長と信雄に乗っ取られた。

この数日後、勧修寺紹可入道の嫡男で南都伝奏を務めていた大納言晴右《はるすけ》が、興福寺の別当人事に介入したと信長に咎められ、蟄居を命じられた。

それで済めば良かったが、一ヶ月後の天正五年一月一日に晴右が失意のうちに急逝する。五十五歳だった。後の大納言勧修寺晴豊、万里小路充房《までのこうじあつふさ》、後の国母藤原晴子の実父が亡くなった。

このこともあって信長は勧修寺紹可入道の怒りをかうことになった。紹可入道は信長暗殺に加担する。

本能寺の変後、勧修寺紹可入道は明智光秀《あけちみつひで》の娘を保護して、人知れず秘かに育てることになる。

大納言晴右の急死を聞いて重信は勧修寺家に走った。

紹可入道は気落ちして屋敷の奥に引き籠っていた。息子を先に失うというのは痛恨の極みだ。

それもあっという間の出来事で衝撃が大きい。

「入道さま……」

「おう、甚助、来てくれたか……」

「あまりに急なことで驚きましてございます」

「うむ、人の生き死には人知の及ばぬところだわな……」

「お手伝いすることがあれば、何んでもいたします」

「うむ、気にするな。死人が賀茂川に流される時代だ。悲しむいとまもなく刻は流れて行くものだよ……」

この後、紹可入道の孫大納言晴豊が武家伝奏になり、本能寺の変まで朝廷の代表として信長と交渉することになる。

大仏の慈悲

重信は毎日、勧修寺家に顔を出した。

「甚助、そなた、旅に出たいのではないか？」

「内府さま……」

「わしのことは気にするな。天子さまをお守りする役目があるうちは死なぬ。そなたはその他のやるべき使命に生きろ……」

重信の使命はただ一つ、神との約束を果たすことだ。それは終わることのない厳しい旅である。

鷹ケ峰の道場に戻って重信は将監に旅立つことを願い出た。すると慌てたようにお幸も願い出る。

困ったもので重信が戸惑っていると、一刀斎が「よろしければ、それがしがお供仕ろう……」という。

「是非、そのようにお願いしたい」

結局、重信の旅立ちはお幸と一刀斎に五平が一緒で四人連れになった。

それも奈良の宝蔵院までで、重信は宝蔵院に着いた翌日に「五平殿、二人をよしなに頼みたい！」と言って姿を消した。

お幸と一刀斎との恋のもつれに巻き込まれている重信は逃げるしかない。

石仏たちの見まもる険しい柳生街道を歩き、重信が姿を現したのは柳生の荘だった。

柳生宗厳は五十一になるが、上泉伊勢守から新陰流の一国一人の免許を許された剣豪だ。四十五歳の時、嫡男厳勝が奈良の辰市城の戦いで松永久秀軍に従軍したが、鉄砲に撃たれ酷い重傷で太刀が振るえなくなった。それを契機に宗厳は石舟斎と号して柳生の荘に隠遁する。

柳生の荘に引っ込んで、少数の門人に稽古をつけているだけだ。子の宗章《むねあき》はまだ十二歳、宗矩は七歳だった。

重信が石舟斎に面会を乞うと、林崎甚助の名は北畠具教から聞いていて、石舟斎は快く面会を許した。

実は、重信が柳生の荘に現れる半月ほど前に、石舟斎の師上泉伊勢守が柳生の谷で亡くなっていた。七十歳だった。

伊勢守の甥疋田景兼は廻国修行中である。

弟子の丸目蔵人佐は九州にいた。伊勢守から免許を許されたのは疋田、丸目、香坂《こうさか》要《かなめ》、それに石舟斎の四人だ。

「林崎殿はお幾つになられたか？」

「三十六歳になりましてございます」

「そうか、三十六か。昨年の十一月には北畠具教さまが亡くなり、師の伊勢守さまも亡くなられた。この世は諸行無常だ……」

石舟斎が寂しそうにニッと笑った。だが、眼光鋭く、痩身の五体には隙がない。さすがに柳生石舟斎だと重信は思う。

その夜、静まり返った柳生の道場で、石舟斎から重信に新陰流が伝授され、薄暗い灯りの中で、重信は石舟斎に神伝居合抜刀表二十二本を披露した。

「林崎殿は仕官する考えはないのか？」

「はい、栄達を望まず、この一剣に生涯を捧げる覚悟にございます」

「なるほど、それもいいだろう」

二人だけの秘密の稽古が明け方まで続いた。石舟斎の死後、新陰流は柳生新陰流と呼ばれるようになる。

重信は柳生の荘に二日いて奈良宝蔵院に戻った。

一刀斎とお幸、五平の三人はもう宝蔵院にはいなかった。

「どうであった石舟斎殿は？」

「お元気にございましたが、北畠さまと伊勢守さまの死が残念そうにございました」

「そうか、やはり伊勢守さまはお亡くなりだったか？」

胤栄は伊勢守が病を得ていることは知っていたが、亡くなったことはまだ知らなかった。

「暫らく逗留できるか？」

「奈良の寺々を参拝したいと思っております」

「それはよい。古の寺々が多いのが奈良だ。京とは趣が違う」

「はい、そのように思います」

「ただ、このところ、浪人や野盗が増えてのう、村人に迷惑をかけておるようで、困ったことだ……」

「気をつけてまいります」

「うむ、食い詰めた浪人どもが徒党を組んで、あちこちの寺や神社をねぐらにしているようだ。火の不始末が困る」

胤栄は五十七歳になるが益々意気軒高だ。いざとなれば、興福寺の僧兵を率いて戦いに出る大将でもある。

宝蔵院の稽古は早朝から始まり昼近くには終わるので、それから出かけてもいいと重信は考えていた。

早速、翌日から興福寺に近い東大寺に出かけた。七、八町しか離れていない。

重信が見た東大寺大仏盧舎那仏は風雨にさらされ、大仏殿は焼け落ちて野ざらしになっていた。

十年前の永禄十年（一五六七）、松永久秀軍、三好義継軍と三好三人衆軍、池田勝《いけだかつ》正《まさ》軍、筒井順慶《つついじゅんけい》軍が奈良東大寺の周辺で激突。念仏堂、大菩薩院、安楽坊など多くの伽藍や寺院が焼け、十月十日未明に大仏殿が焼け落ちた。

その時に大仏盧舎那仏の首も焼け落ちたのだ。「南無盧舎那仏……」

半年も戦い、大仏の首が焼け落ちたことに驚いたのか、事の重大さに気付いた愚か者たちは、翌日になると蟻の子が散るように、大慌てで摂津など自国に逃げ去った。

首の落ちた盧舎那仏を見上げる重信の眼から涙がこぼれた。

十年経っても野ざらしのままで、落ちた首は銅板で支えただけの補修だった。その痛々しい仏のお姿に重信は涙した。

焼けただれ傷ついた盧舎那仏はわが身を顧みず、民を救わんと優しく手を広げて佇んでいる。

「南無盧舎那仏、南無盧舎那仏……」

三度、重信は仏の名を小さく唱えた。

人間の醜さを盧舎那仏は見詰めている。焼けただれた仏の顔は神々しくいっそう慈悲に満ちていた。

筒井順慶の一族で山田城主の山田道安《やまだどうあん》は大仏と大仏殿を修復しようと尽力するが資金が集まらなかった。修復が完成するのは百三十二年後の宝永六年（一七〇九）三月二十一日だ。それまで百年の間、大仏は身に銅板を巻いて立ち続けることになる。

放火の原因は不明だ。

追い詰められた松永軍が放火したとか、不利な戦いに三好三人衆が火を放ったとか、不慮の事故で燃え上がったとか噂されたが、権力争いの戦いの中で大仏が犠牲になったことは間違いない。

「お師匠さま……」

呼ばれて重信が振り向いた。

「おう、そなた、蒼覚坊《そうかくぼう》！」

「お久しゅうございます」

羽黒山の山伏蒼覚坊が涙目で重信に兜巾の頭を下げた。蒼覚坊も大仏のあまりの姿に涙したのだ。

「どうして、このようなところに？」

「熊野に修行に行ってまいりました。これから、信濃黒姫山に立ち寄りまして羽黒山に戻ります」

「それで大仏さまにお会いにまいられたか？」

「はい、大仏殿の消失は聞いておりましたが驚きました……」

「うむ……」

「お師匠さまは？」

「それがしは宝蔵院で十文字槍《じゅうもんじやり》を学んでいる。すぐそこだ。寄って行くか？」

「はい、是非にも！」

「よし、行こう」

重信は蒼覚坊を連れて宝蔵院に戻った。

石城嶽の熊野明神で会った時と別人のようにたくましくなっている。修験者として山から山を回って修行してきた。

宝蔵院の稽古は終わって、道場の清掃も済んで誰もいない。

「ずいぶん立派な道場です」

「寺だからな。道場も立派だが門人の腕も良いぞ」

「十文字槍？」

「うむ、院主の胤栄さまが考案された恐ろしい槍だ。突いたり薙ぎ払うのはもちろんだが、鎌がついている槍だから掻っ切ることができる」

「槍で掻っ切るのですか？」

二人が道場で話していると大男の阿修羅坊《あしゅらぼう》が現れた。

「阿修羅坊殿、それがしの弟子で羽黒山の蒼覚坊でござる。よしなに願います」

「おう、出羽の羽黒山か、遠路、ご苦労に存ずる！」

「よろしくお願いいたします」

蒼覚坊が頭を下げた。

「当山の稽古は天下一厳しいと自負してござる。死なぬ程度に！」

「お手柔らかに願います」

蒼覚坊が苦笑した。

「初見の挨拶がわりにいかがか？」

阿修羅坊が蒼覚坊を誘った。蒼覚坊が重信を見る。

重信がうなずいて立ち合いを許した。重信は阿修羅坊の腕を知っている。いい勝負だろうと思う。

「金剛杖でよろしいか？」

「おう！」

阿修羅坊は稽古に使う特別太い十文字鎌槍を取りに行き、蒼覚坊は玄関に立てかけた太くて長い特製の金剛杖を取りに行った。

僧兵と山伏の滅多に見られない立ち合いだ。

「では……」

重信が二人を促した。

ドーンッと床を突いた阿修羅坊の槍は人の腕ほども太い。先に木の鎌が十字についている。常人では扱えない太さと長さだ。

蒼覚坊は金剛杖を槍のように中段に構える。

「始めッ！」

例によって「ウオーッ！」と野獣の雄叫びだ。この凄まじい気合声で対戦者はまいってしまう。

阿修羅坊が石突を握って丸太のような槍を頭上で振り回す。凄まじい迫力で触れただけで腕でも足でも砕ける。

まともに突かれれば四、五間は吹き飛ばされる勢いだ。だが、蒼覚坊は落ち着いている。慌てたふうはない。

冷静に間合いを取っている。何度も修羅場をくぐってきた落ち着きだ。だが、十文字鎌槍と戦ったことはない。

何んともやりにくそうな槍だと思った。それを見抜いたように回転が止まった。

丸太ん棒の槍が蒼覚坊を突いてきた。

槍に触れたら吹っ飛ばされる。カツッと槍を叩いて金剛杖が槍を押さえようとした。

その途端、阿修羅坊が蒼覚坊に体当たりしてきた。得意の突き飛ばしだ。

蒼覚坊が羽目板まで転がった。

阿修羅坊が起き上がる蒼覚坊を突き刺そうとした。だが、蒼覚坊が反転して逃げると、追った阿修羅坊の槍がバリッと羽目板に突き刺さって穴をあけた。

その隙に蒼覚坊が起き上がった。

素早い動きで大槍を引き抜くとバキッと片鎌が折れた。

構わず猛獣のような雄叫びで阿修羅坊の槍が蒼覚坊を薙ぎ払う。

ガシャッと鈍い音がして大槍と金剛杖が衝突、ほぼ同時に金剛杖が道場の天井に向かって飛んだ。

「それまでッ!」

重信が立ち合いを止めた。金剛杖が槍の鎌に絡まれ飛ばされた。ガラガラと金剛杖が床に落ちる。

「まいりました!」

「フーッ……」

阿修羅坊が槍を立て大息をついた。

「鎌に助けられたッ、胴を抜かれるところであったわ！」

ニッと笑って照れる阿修羅坊は無邪気だ。

重信は蒼覚坊がなぜ負けたか分かっていた。十文字鎌槍は突く、薙ぎ払う、掻っ切るの他に、槍でも太刀でも金剛杖でも鎌が回転して搦め捕るのだ。

手元で槍の柄をクッとひねっただけで鎌が大きく回転して何にでも絡んでくる。蒼覚坊はその呼吸を知らない。クイッと一ひねりで金剛杖を飛ばされた。

それに踏み込みが充分でなくわずかに浅かった。

もちろん、蒼覚坊も何がどうなって負けたか分かっている。

太子の息吹

翌朝の稽古で、重信は負けた原因の二つを蒼覚坊と稽古した。

「お師匠さまの前で不覚悟でした」

「気にするな。十文字鎌槍の恐ろしさが分かれば、工夫もできるというものだ」

「はい！」

重信が意気消沈の蒼覚坊を励ました。重信が見たところ阿修羅坊と蒼覚坊はほぼ互角の腕だと分かる。

「今日は法隆寺に行くが一緒に行くか？」

「はい、お供いたします」

二人は稽古が終わると午の刻前、巳の刻には宝蔵院を出た。興福寺から斑鳩《いかるが》の法隆寺までは三里半あまりで、男の足であれば夜までには充分に戻れる。

宝蔵院から西に歩いて唐招提寺に参拝。律宗の寺で天平宝字三年（七五九）に唐から来た盲目の鑑真和上《がんじんわじょう》が開基した寺だ。

二人は南に歩いて薬師寺にも参拝する。法相宗の寺で天武天皇九年（六八〇）に天武天皇によって開基された勅願寺である。

なお南に歩き法起寺を参拝。聖徳宗の寺で舒明天皇十年（六三八）に山背大兄王《やましろのおおえのおう》の開基によって創建された。

法起寺から一、二町ほどしか離れていない法輪寺に向かうと、その長い参道に三十四、五人の浪人たちが、だらしなく寝そべったり、火を焚いて鍋で何か煮ている。

参道が塞がっている。

宝蔵院の胤栄が言ったのはこいつらだと思った。

こんな連中があちこちの寺に巣を作っていて、畑を荒らしたり百姓家から掠奪したりするのだ。

大和の国には守護を置けないというほど興福寺の力が強いのだが、そこに信貴山《しぎさん》城の松永久秀や郡山城の筒井順慶が現れ力を持った。

この二人は権力を巡って争いが絶えない。大仏まで焼いてしまった張本人だ。

興福寺の取り締まりが温《ぬる》いと食い詰めどもまでが巣を作る。

重信と蒼覚坊は争う気はない。

「おい、山伏、勧進の銭があるだろ、少し置いて行け！」

数を頼んで横柄に銭を脅し取ろうという。引き返すこともできず、二人が無視して通ろうとした。

「耳がないのか？」
三、四人が二人の前を塞いだ。
「耳はあるが銭はない」

「何ッ！」

「宝蔵院から来たものだ。銭はない」

「おのれ、宝蔵院と言えば恐れ入ると思ってかッ、宝蔵院は僧兵のいるところだ。山伏などいないわい！」

「お師匠さま、拙僧が？」

蒼覚坊が重信の前に出た。

「拙僧は出羽の国、羽黒山の蒼覚坊と申す。熊野での修行の帰りで銭はない。こちらのお方は拙僧のお師匠さまで神夢想流林崎甚助さまだ。拙僧は昨日、宝蔵院の阿修羅坊殿と戦って負けた。少々、腹が立っておる！」

「あ、阿修羅坊だと、あの怪物と戦ったのか？」

「そうだ。やるなら腕の一本、足の一本は使えなくなると覚悟しろ。やるかッ！」

「おのれ……」

質《たち》の悪そうな浪人が一歩二歩後ずさりする。

「ふん、山伏、おれが相手だ！」

ノソッと四十ぐらいの男が鍋の傍に立ち上がった。するといきなり太刀を抜いた。

その瞬間、先の先で蒼覚坊の金剛杖が浪人を襲う。

キーンッと浪人の太刀が折れて刀の先が吹き飛んだ。

同時に蒼覚坊が踏み込んだ。

金剛杖が浪人の腕をボキッと折った。ギャーッと叫んで浪人が頭から傍の藪に突っ込んだ。

「おのれッ！」

「やりやがったな、この野郎ッ！」

十四、五人の浪人が太刀を抜いて二人を囲んだ。槍が五人いる。
阿修羅坊に負けた蒼覚坊が「ウオーッ！」と叫んで浪人に襲いかかる。

金剛杖を振るって左右の浪人をボキボキと倒した。肩や足、腕を砕かれ二度と太刀は持てないだろう。

たちまち三人、五人六人と倒された。蒼覚坊が法起寺の方に走った。それを浪人たちが追う。

重信も二十人ほどに囲まれた。

「ずいぶん百姓衆に悪さをしたようだな。怪我をしたくない者は下がって見ておれ！」

鞘口を切って柄に手を置いた。

その瞬間、槍が重信を突いてきた。

一瞬早く乱取備前が鞘走って、踏み込むと浪人の右腕を斬った。返す刀で右の浪人の太股を斬り左の浪人の胴を抜いた。

血振りをして太刀を鞘に戻す。

「この野郎ッ、妙な剣を使う凄腕だぞッ！」

「気をつけろッ！」

尻込みする浪人もいる。

「逃げる者は逃げてしまえッ!」

重信が叫んだ。

すると七、八人が太刀を鞘に納めて参道から走って逃げて行った。重信が斬った者は深くは斬られていない。みな浅手で痛がってじたばたしている。

五人十人とおっかなびっくりの野次馬が集まってきた。

戦いは四半刻もしないで終わった。

蒼覚坊が十一人を倒し重信は七人を倒した。半分は逃げて行った。

近くの百姓衆が出て来て倒れた浪人の手当てをしている。二人は一人の命も奪ってはいない。だが、もう刀は持てないだろうというのが七、八人いる。

法隆寺行きはまたの機会になってしまった。

この噂が数日で胤栄の耳に入り重信が呼ばれた。

胤栄の耳には宝蔵院の僧兵が浪人狩りをしたと伝わっている。僧兵ではなく山伏なのだ。

それでも胤栄は大いに満足だった。

蒼覚坊は半月ほど宝蔵院で稽古をして羽黒山に戻ることになった。

そこで、重信は楯岡城主因幡守に書状を書き、蒼覚坊から氏家左近に届けてもらうことにする。

この少し前、二月九日に林崎熊野明神の祠官藤原義貫が、重信の帰国を首を長くして待ちながら死去した。

その後継の祠官には嫡男の藤原義祐がなった。

「蒼覚坊殿、この書状を楯岡城の氏家左近さまに届けていただきたいのだが？」

「氏家左近さま？」

「うむ、それだけでよい。お願いする」

「いつ頃、出羽にお帰りになられますか？」

「もうしばらくは無理だ。これから三、四年は西国を回りたい、九州まで行きたいとも考えている」

「そうですか。出羽にご一緒したいと思っておりました」

蒼覚坊は重信と旅をしたいと思っていたのだ。

「そうしたいが、まずは西国が先だ」

「承知いたしました」

蒼覚坊が宝蔵院を去ると、重信は再び法隆寺に向かった。浪人と戦った法輪寺に行く道で老婆に呼び止められた。

「強いお武家さま……」

「おう、婆殿、それがしを知っておられるのか？」

「忘れるものか、悪い奴らを追い払ってくれたお武家さまだからな」

「もう誰もいないようだな？」

「ああ、怪我をした奴らはいつの間にか礼も言わずに姿を消した。百姓衆やお寺さんに相当悪いことをしたからな。自業自得、自業自得だよ」

「そうか、逃げて行ったか？」

「太子さんにお参りしたら、おらの家に寄ってくれ。何もないがお礼に婆の粥を食わせるからな」

「それはかたじけない。婆殿の粥であればうまかろう」

「鼻水交じりだからいい塩味だ。ヒッヒッヒッ……」

「それは結構な、是非、寄らせてもらう」

「そこの傾いた百姓家だ」

「うむ、承知！」

　重信は老婆に一礼して法輪寺の参道に入って行った。

　聖徳宗の寺で推古天皇三十年（六二二）に山背大兄王の開基で創建された古刹。参詣して重信が通りに出てくるともう老婆はいなかった。重信はさらに中宮寺、法隆寺へと足を延ばした。

　中宮寺も聖徳宗で、聖徳太子《しょうとくたいし》が母穴穂部間人皇女《あなほべのはしひとのひめみこ》のため、推古天皇十五年（六〇七）に開基し建立した寺だ。

同じ聖徳宗の法隆寺は同年に、推古天皇と聖徳太子の開基で創建された。

重信は古の聖徳太子という人を感じようと、半刻近く法隆寺の境内に立っていた。

千年も前にこの地に太子がいたと思うだけで格別に感じる息吹が、広い境内に充満していた。

この数ヶ月後の九月、信貴山城の松永久秀を攻撃するため、織田信長の家臣明智光秀、筒井順慶、細川藤孝がこの法隆寺に布陣する。

重信は法隆寺を出ると先ほどの老婆の家に向かった。

倒れそうなほど傾いた百姓家だ。

「御免！」

引き戸を引いて重信が土間に入った。上がり框があってすぐ炉端だ。

「お武家さま、囲炉裏の傍に上がりなされ……」

「世話になり申す」

重信は草鞋を脱いで囲炉裏の傍に座った。

「婆殿の粥を馳走になりに来た」

「うむ、これは美味いぞ。何でも入っているからな。この辺りは畑が多く米はあまり取れぬ。米、稗《ひえ》、粟《あわ》、豆などの粥だ」

「それは有り難い。太子さまに感謝して頂戴しよう」

「それがいい……」

皺深い老婆がニッと微笑んだ。

おそらく相当に苦労しただろうが良い歳を取った穏やかな優しい顔だ。

「ところで、婆殿、静かだが、まさか婆殿一人ではあるまいな？」

「うん、娘と、孫と三人暮らしよ」

「男手はないのか？」

「去年、娘の婿が死んだ。その娘の婿でも、孫の婿でもいい、どうだお前、ここに住むか？」

「婆殿、それもよいが、それがしは神と約束があって、まだまだ、旅をしなければならないのだ」

「そうかい。何かあるお武家さまだとは思ったが、神さまとの約束では止めることもできめえ……」

「相すまぬ……」

「宝蔵院さまに来た時は寄っておくんなさいな？」

「そうさせてもらおう」

老婆は美男子で猛烈に強い重信を見て気に入ったのだ。

お咲

その日、老婆に勧められ重信は百姓家に泊まることにした。

陽が落ちると老婆の娘と孫が野良仕事から帰ってきた。日焼けした丈夫そうな二人が、飼っている牛の餌を抱えて土間に立っている。

見知らぬ重信が炉端に座っているので驚いたようだが、二人はペコリと頭を下げて挨拶した。

餌の藁を牛の足元にドサッと置いた。

しばらくすると老婆の娘が炉端に来て「いらっしゃいまし……」と挨拶した。四十は超えていない年格好だ。

孫娘が炉端で黙って頭を下げた。小柄でまだ無邪気そうな歳ごろだ。

「お武家さま、そろそろ煮えたで、どうぞ……」

老婆が粥というよりは雑炊の茶碗と箸を重信に渡し、味噌を少しくれた。老婆が言うように米、稗、粟、豆、大根、葱、春の草など何でも入っている粥だ。

何んとも有り難い一椀だ。法隆寺の仏たちの功徳だと思う。

「南無釈迦牟尼仏、南無太子……」

心の中でつぶやいた。

一口だけで春の土の香りが広がった。出羽の野辺の匂いと同じだ。

「婆殿、これは美味い。仏さまの食べ物だな？」

「そうかい。この辺りはどこに行っても太子さまがおられる。この婆も太子さまに護られておるんじゃ」

「なるほど……」

重信は老婆の苦労を味わった。

「もう一つどうかの？」

「婆殿、有り難いが、働かぬ者がこれ以上いただいては、婆殿の太子さまに叱られる。充分でござる」

「だが、腹がへるだろうに？」

「腹も修行のうちでござれば、有り難く頂戴いたしました」

重信は椀と箸をおいて合掌した。こんなに有り難い一椀があろうかと思う。鼻水入りだと笑った老婆の苦労に感謝だ。

その夜、重信が横になると伽《とぎ》のつもりだろう。老婆に言われて孫娘が重信の寝所に忍んできた。

「名は？」

「お咲……」

「いい名だ。お咲、これからここで騒ぎが起きる。大きな悲鳴を上げたら、その隅に行ってうずくまっていろ。それがしは外に飛び出す。雨戸は外れるな？」

「うん……」

お咲が怯えたように重信にしがみついた。

懐から紐を出すと襷をし、鉢巻を締めて乱取備前を引き寄せる。

重信は法起寺の辺りまで来て殺気を感じた。その殺気は中宮寺でも法隆寺でも消えなかった。

老婆の家に入った頃には殺気が膨らんで、ピリピリと空気が裂けそうなほどだったのだ。それで百姓家に泊まることにした。

例の浪人たちの生き残りと思える。五人なのか十人なのか人数は分からない。

漂う殺気から一人や二人ということはない。

闇討ちなら倒せると思っているのだろう。神夢想流居合抜刀の恐ろしさを知らない奴らだ。

既に、家の中に三人ほど入っている。

こんな襤褸の百姓家に入る泥棒はいない。狙いはこの家に泊まった重信の命だけだと思う。

闇の中で重信は震えているお咲を抱き、転がって外に飛び出す手順を考えた。

息詰まる緊張だ。

老婆とお咲の母親が無事であればいい。スーッと音もなく板戸が開いた。

「キャーッ！」

お咲の絶叫が響いた。

「外に出ろッ！」

お咲を突き飛ばして叫ぶなり、重信は転がって雨戸を蹴った。ガタッとうまく外れて星明かりが家の中に差し込んだ。やはり家の中には三人入り込んでいた。

外に飛び出すと十人ばかりがいる。

重信は乱取備前を腰に差し、鞘口を切っていつでも抜けるように身構えた。

満天の星の下の戦いだ。黒い影が「シャーッ！」と斬り込んでくる。

一瞬早く乱取備前が鞘を離れ、踏み込んできた敵の胴を抜いていた。

残心もつかの間、右の敵の太股を斬り、刃を返して左の敵の左胴から逆袈裟に斬り上げ、突いてきた槍の千段巻きを押さえる。

スッと身を寄せて敵の右脇の下を斬り裂いた。

流れるような足さばきと身のこなしで、お咲には黒い影が舞を舞っているように見える。

顔を出すなと言われても危険なものは見たい。

老婆と母親がお咲の傍に這ってきた。気合も太刀のぶつかる音もない。

不気味なほど静かな戦いだが、襲った浪人が次々と九人倒れ、三人が脱兎のごとく闇に飛び込んで消えた。

重信は乱取備前を鞘に戻すと、外れた雨戸をはめ込んで、牛のいる土間に回って行った。母親が灯りを持ち、お咲が足を洗う水を入れて桶を持ってきた。

「何人斬った？」

老婆が聞いた。

「九人だ……」

「死んだか？」

「いや……」

重信は炉端で紐の鉢巻を取り襷を解いた。

「まだ少し温い、白湯だ」

「かたじけない！」

「お武家さまは強いな。あっという間に九人を斬った」

「婆殿、実は一人も斬っていないのだ」

「えッ、だけど、みな倒れたがよ？」

「お咲、外をのぞいてみろ、もう誰もいないはずだから……」

驚いたお咲が雨戸に走って行って、戸を薄く開けて外を見た。重信が言うように庭には一人も倒れていなかった。

「どうだ？」

「いないな……」

狐に騙された気分だ。さっきの戦いは何んだったのだ。

「今度来れば斬る！」

重信は峰打ちにして斬らなかったのだ。

「また来るか？」

「あきらめたと思う。婆殿、心配なさるな。少し寝るとしよう」

「心配で眠れねえな……」

老婆が不安そうに言う。

「お咲、心配か？」

「うん……」

「よし、抱いてやろう、ここへまいれ……」

重信は乱取備前とお咲を抱いて、柱に寄りかかると眼をつむった。

老婆が言うように襲撃がないとは言えない。お咲は重信の膝に頭を乗せると猫のように丸くなった。

そのお咲と重信が寒くないよう、母親が野良着で二人を包んだ。

夜が明けると、お咲が炉端に安心したように転がっている。重信は太刀を腰に差して外に出た。

静かな白い夜明けだ。法隆寺の甍《いらか》が見えている。

「お目覚めですか？」

「お早いですな？」

お咲の母親が朝飯前の畑に出て行くのだ。

「百姓ですから、朝飯前に出ないと隣近所に笑われます」

ニッと小さく笑った。働き者の笑顔だ。

「近くですか？」

「ええ、すぐそこです」

「そうですか？」

重信がついて行った。春先で、畑を耕しこれから種を蒔くという。

「ご主人をなくされたそうで？」

「流行り病で、五日ほどでした。あっという間で……」

「お幾つでしたか？」

「ちょうど四十でした。お咲がいてくれるので助かります」

「そうですね。良い婿殿を？」

「誰か来てくれるといいのですが……」

自信なさそうに言う。

重信は生まれて初めて、鍬というものを握ってみようと思った。

六歳の時から剣しか握ったことのない手だ。教えてもらいながら畝を掘って行った。

春らしい土の匂いだ。

「お武家さま、また来てくださいまし、屋根をふき替えて綺麗にしておきますから
……」

「はい……」

「必ずですよ」

言いようのないほど貧しい人たちだが、無量の優しさと愛を持っている人たちだ。

「お武家さまッ、朝ごはんだよ！」

お咲が笑顔を見せた。

「おう！」

重信は何んとも気分爽快だ。野良に出るということはこういうことなのだ。

「仕事の邪魔をしただけのようだな？」

「そのようなことはありません」

「夕べと同じ何んでも粥だから、いいかい？」

「有り難く頂戴します」

「うん……」

明るくて良い娘だと思う。

重信は遠くなってしまった薫を思い出した。三人は家に戻って朝餉を取った。鍬の感触が剣の感触に似ている。

ザクッと大地に突き刺さる鍬の感触がいい。

重信はお咲と母親の仕事を手伝い、その日も百姓家に泊まった。

浪人たちの気配はもうなかったが、念のためにもう一晩、乱取備前を抱いて炉端の柱にもたれて眠った。

もうどこにも危険な気配はない。腹いせに三人の女に危難が及んでは困る。重信は慎重になった。

翌日の昼過ぎ、重信は三人に礼を述べて百姓家から去った。

その数日後、西国に向かうため、重信は宝蔵院胤栄に礼を述べて旅支度を始めた。

「林崎殿、西国だそうだのう？」

「世話になりました。西国から九州を回ってまいります」

「九州までか。羨ましいのう」

「それがしは旅が修行ですから……」

「旅先で口に入れるものには気をつけて、これは当山秘伝の薬だ。腹痛に効くということだが、拙僧は飲んだことがない」

「かたじけない。阿修羅坊殿もお達者で……」

重信は宝蔵院を出ると寺の近くでお香と菓子を購《あがな》い、法隆寺の傍の老婆の百姓家に向かった。三人は家の近くの畑にいた。

「お武家さまッ！」

お咲が見つけて走ってきた。

笠を取って三人に一礼して挨拶する。

「お咲、これは父上に、お香と菓子だ。それから、これは宝蔵院秘伝の薬で腹痛に効くそうだ。半分ずつにしよう」

「旅に行くの？」

「うむ、早くお婿さんを貰え……」

「お武家さまがいい」

お咲が悲しい顔で言った。

「うむ、それもいいが、いつ戻るか分からない旅だ」

「待っているから？」

「それは駄目だ。お咲が婆さんになってしまう」

「気を使っていただいてすみません」

お咲の母親が頭を下げた。

「お武家さま、お咲にお胤《たね》だけでも貰いたかったがのう」

「婆殿、お咲には良い婿が授かる。そう慌てずに待てばいい。必ずいい人が近くにいるものだ」

「五助《ごすけ》か？」

「嫌だよ、あんなの！」

お咲がきっぱり拒否した。

「休んで行ってください」

母親が誘う。

「いや、座ると腰が重くなる。このまま摂津まで行くつもりだ！」

「いつ、お戻りで？」

「三年か、五年か……」

何年の旅になるか重信にも分からない長い旅なのだ。

老婆の家から信貴山城までは二里足らず。

今は穏やかだが秋口になると松永久秀が、摂津の石山本願寺の包囲から勝手に抜けて、信貴山城に戻って籠城してしまう。

信長が筒井順慶を大和の中心に据えたことへの反発で、久秀は本願寺の顕如や毛利輝元《てるもと》、備後鞆の浦の将軍義昭と手を結ぶ。

その信貴山城を攻撃する先陣として、信長は明智光秀、筒井順慶、細川藤孝を法隆寺に派遣して布陣させる。

老婆の百姓家の周辺は織田の大軍で埋め尽くされる。

重信は信貴山麓から生駒山地に入り、河内八尾に出て摂津に入った。この頃、摂津の石山本願寺は信長の大軍に包囲されていた。

秋になれば毛利からの兵糧や武器弾薬が海から大量に搬入される。

そのために、攻撃する織田軍は佐久間信盛を大将に包囲しているが、七、八年も攻めあぐね手古摺っていた。

摂津は海と川が複雑に入り組んで大軍を動かせず、戦いには最悪の土地柄であった。

重信は交戦中の城には近づかず西国街道に出た。

西国街道は京の東寺羅城門から九州大宰府政庁までを言う。

大宰府は朝鮮半島との外交の窓口として設置され、その歴史は古く朝廷からは大宰《だ》帥《ざいのそち》が派遣された。

大宰府は南北二十二町二十二条、東西二十四町二十四坊と大きな国府だった。京から大宰府までの道には多くの駅が置かれ古くから整備されている。

重信は西に向かった。

この年、出羽の佐竹家に仕える十二社権現の神官、三間《みつま》斎宮の子として三間与一左《よいちざ》衛門景延《えもんかげのぶ》が産まれた。

与一左衛門は父三間斎宮から卜伝流を学び、重信から神夢想流を学んだ東下野守の弟子、桜井五郎左衛門直光《さくらいごろうざえもんなおみつ》から居合抜刀を学び水鷗流居合の開祖になる。

播磨姫路に入った重信は会いたい剣客がいた。

それは京の鷹ヶ峰の大野将監に紹介された新免無二斎だ。

無二斎は黒田官兵衛の家臣で、この後、黒田官兵衛は信長の家臣羽柴秀吉の配下になる。

その年、九月に秀吉は上杉謙信との戦いで、柴田勝家《しばたかついえ》の下で越前に向かうが、途中の軍議で勝家と大喧嘩をして、勝手に長浜城に戻って来てしまう。

秀吉には勝家の配下より、秀吉軍として西国に出陣したい野心があった。

信長は激怒するが、結局、秀吉を播磨に派遣。小寺孝高《こでらよしたか》こと黒田官兵衛は秀吉と旧知で配下になる。

重信が姫路に入った数ヶ月後に、秀吉が大軍を率いて播磨に侵攻してくる。

その時、黒田官兵衛は秀吉に姫路城を明け渡す。

そんなことが起きるとは、夢にも思わない重信は高砂の無二斎の屋敷を訪ねた。大きくはないが剣豪の屋敷らしく、道場があるようで大きな声が聞こえた。

「御免ッ！」

「オーッ！」

大声の返事がして若い男が木刀を握ったまま玄関に現れた。

「新免無二斎さまにお会いしたく、京の鷹ヶ峰、大野将監道場からまいりました。林崎甚助と申します。お取次ぎ願います！」

「京の大野将監道場の林崎甚助さま？」

「はい！」

「しばらくお待ちください」

若い男が引っ込むとすぐ無二斎が現れた。重信より少し年上で四十を越えたかと思われる。

「林崎殿、お名前は将監さまから聞いております。どうぞ！」

この時、無二斎に子はいなかった。嫡男武蔵が産まれるのは七年後である。

重信は道場に入ると無二斎に礼を述べた。昼過ぎで道場には三人しか門人はいない。

「将監さまは達者でしょうか？」

「はい、元気にしておられます。宝蔵院にも立ち寄りましたが、院主さまも元気にしておられました」

「それは結構、林崎殿はこれから西へ？」

「はい、九州までまいりたいと考えております」

「九州といえば天下一の兵法、丸目殿が？」

無二斎は丸目蔵人佐が京で天下一の兵法の高札を立てて、道行く人々に真剣勝負を挑んだことを知っていた。

「その丸目さまにお会いするつもりです」

「丸目殿は上泉伊勢守さまの四天王と聞いております」

この時、丸目蔵人佐は九州にいた。

正月、上洛した時に師の上泉伊勢守が亡くなったことを知り、落胆して九州に戻ってしまった。

伊勢守が亡くなったのはこれより二ヶ月ほど前、年が明けた今年一月十六日で、重信は行き違いになったのだ。

丸目蔵人佐はこれまで新陰タイ捨流と名乗っていたが、この頃から新陰を取りタイ捨流と名乗り始める。

そんなことは無二斎も重信も知らない。

丸目蔵人佐は三年で伊勢守の新陰流の四天王になった剣の天才だ。

その丸目蔵人佐は相良義陽《さがらよしひ》に仕官したのだが、永禄十二年（一五六九）に薩摩島津《しまづ》家久《いえひさ》との戦いで策を誤り、大敗した上に多くの兵を死なせた。

天才も失敗することがある。

相良義陽は蔵人佐に責任を取らせ逼塞を命じた。八年前のことだ。

武将としての出世は断たれ、丸目蔵人佐はタイ捨流の普及に全てをかけ、九州を廻国して剣客を次々と倒していた。

この相良義陽の勘気が解かれるのは十年後の天正十五年（一五八七）になる。

重信が新免無二斎を訪ねたのは、もちろん、当理流を学ぶためだった。

「無二斎さま、当理流十手術を拝見できましょうか？」

「分かりました」

無二斎は重信の願いを快く受け入れ、すぐ座を立って門弟を相手に選んだ。

「当理流は十手術だけではありません。一刀剣法、二刀剣法、小太刀、手裏剣など全てお見せしましょう」

「かたじけなく存じます」

無二斎は好感の持てる剣客だった。

この無二斎の当理流は嫡男新免武蔵に引き継がれ、武蔵が若い頃に名乗った円明流と、老年に名乗った二天一流に引き継がれていくことになる。

無二斎は二日間で十手術を含めた当理流を重信に伝授した。それに対し、重信は返礼として神夢想流神伝居合抜刀表二十二本を無二斎に伝えた。

重信は十日ほど無二斎道場に世話になり、礼を述べて九州へと旅立った。

播磨から備前、備中、備後と歩き、急ぐ旅でもないことから重信は将軍義昭のいる鞆の浦に回った。

京から追放された将軍義昭は、征夷大将軍の欲しい信長に殺されることを警戒して、若江城から堺に逃げた。

堺でも心配で紀伊に逃げ、毛利輝元を頼って備後鞆の浦まで逃げ、鞆幕府と称して小さいながら幕府の体裁を保っていた。

この鞆幕府が存在したために信長も秀吉も、征夷大将軍にはなれず幕府も開けなかった。信長最大の失敗である。

信長は義昭を京に戻そうとするが応じず、秀吉は義昭の養子になろうとするが失敗する。義昭は将軍職にしがみついた。

征夷大将軍は令外官《りょうげのかん》だが定員一名と決まっていて二人は無理だ。副将軍は認められるが、権大納言のように定員外の権征夷大将軍などは認められず、そういう前例も皆無だった。

鞆の浦の御所は、海に突き出た半島のようなところにあって、厳重に警備されている。将軍義昭は極端なほど暗殺を恐れていた。

重信は刺客と間違われそうですぐ鞆の浦から立ち去った。

備後から安芸に入った重信は海を渡って宮島に入り、厳島神社を参拝した。重信の家系は土岐源氏だが厳島神社は平家の氏神だ。

海に浮かぶ朱の鳥居は、在りし日の平家の栄耀栄華を物語っている。滅び去った者の美が海に影を落としていた。

重信は周防岩国に入り、九州豊後に船で渡ろうとした。

静かなことの多い海が、風が強く風待ちのため船が出ない。

湊《みなと》に近い旅籠に泊まることになった。その旅籠に入ろうとした時、どこから逃げてきたのか、若い女が素早く重信の後ろに隠れた。

「お武家さま、助けてくださいッ！」

「どうした！」

「あの侍に追われて……」

少し酔っている武家が怒った顔で女に摑みかかろうとした。

その腕を重信が払った。

「何んだッ、お主ッ！」

「嫌がっている者を許してあげなさい」

「何ッ、その女はわしが買ったのだ！」

重信が振り向いて「そうか？」と聞いた。「違う！」女がきっぱりと否定する。

「違うと言っているが、勘違いではないのか？」

「うるさいッ、女ッ、こっちに来いッ！」

「嫌だッ！」

「この野郎ッ！」

そこに男の仲間らしい二人が現れて重信が巻き込まれた。乱暴な男三人に女を引き渡すことはできない。

「助けて……」

「こんなに怯えているではないか。許してやれないのか？」

「うるさいッ！」

怒った男がいきなり太刀を抜いた。酔っていて、言って分かるような男たちではないと重信は思った。

「この野郎ッ、女をこっちに出せッ！」

「そんなものを抜くようでは益々渡すことはできぬな」

「何んだとッ！」

　もう一人も抜いた。いきなり刀を抜くなど乱暴もいいところだ。

野次馬が集まりだして男たちは引っ込みがつかなくなった。

「斬り合えば怪我をしますぞ」

「うるさいッ、抜けッ！」

　もう一人も刀を抜いて戦いを避けられなくなった。

三人が重信を囲んだ。

「少し離れなさい。怪我をしますよ」

重信が女を後にさがらせ道の真ん中に出て鞘口を切る。

「抜けッ！」

三人が重信をにらんで太刀を構えた。とても重信の敵ではない。

情けない奴らだ。

隙だらけの男が踏み込んできたが間合いが遠い。重信は乱取備前を抜くとチーンッと弾いて横一文字に胴を抜いた。返す刀で右の男の左胴から逆袈裟に斬り上げて、左の男の左胴から斬り下げる。

一人がヨロヨロと頭からザンブと海に突っ込んで大騒ぎになった。一人は女の足元にうずくまり、一人は来た道を戻ろうとしたのかバタッと前のめりに倒れた。

「海に落ちたぞッ！」

「引き上げろッ！」

「死ぬぞッ！」

「馬鹿野郎ッ、斬られて死んでいるだろッ！」

「いやッ、生きているぞッ！」

「助けろッ！」

重信は三人を斬っていなかった。一瞬の剣技で誰もが斬られたと思ったしそう見えた。

「さあ、気をつけて行きなさい」

「有り難うございます……」

女が重信に二度三度と頭を下げて戻って行った。

蜻蛉

この斬り合いを見ていた中年の武家が旅籠に入ろうとする重信を呼び止めた。

「もし、卒爾《そつじ》ながら……」

立ち止まって重信が振り向いた。

「はて、どなたであろうか？」

「恐れながら、それがしは片山松庵《かたやましょうあん》と申します。ただいまの見事な技を拝見いたしました。名のある剣客かと思いますが、よろしければ、お名前をお聞かせいただけませぬか？」

「さて、さて、西国は初めてにございます。それがしは神夢想流の林崎甚助と申します」

「あッ……」

松庵はその名を聞いていた。

「勧修寺さまの？」

「はい、先の内府さまにお世話になっております」

「やはり。林崎さまは毛利の安国寺恵瓊《あんこくじえけい》さまをご存じでしょうか？」

「はい、お会いしたことはございませんが、京は東福寺の臨済僧とお名前だけは存じ上げております」

「その安国寺さまから、あなたさまのお名前をお聞きしておりました」

松庵は神夢想流と居合という言葉は聞いていたが、見た者がいないためどんな技か想像もできなかった。

それをつい今、目の前で見たのだから興奮している。

一瞬で三人を斬り倒した。

それも舞を舞うような鮮やかさだった。

「失礼ですが、この旅籠にお泊りで？」

「はい、明日は豊後へまいる船に乗るつもりです」

「急ぐ旅でしょうか？」

「いいえ、急ぎませんが、肥後までまいります」

「肥後といえば丸目さまに？」

「そうです」

「いかがでしょう。厚かましい願いですが、それがしの道場にお泊りいただけませんでしょうか？」

「道場をお持ちですか？」

「小さく、お恥ずかしいのですが……」

道場と聞いては引けないのが重信だ。旅の目的は一人でも多くの人に、神夢想流を知ってもらうことなのだ。

「よろしいでしょうか？」

「畏まりました。お伺いいたしましょう」

重信は快く引き受けた。

この時、後の片山伯耆流居合の開祖となる松庵の甥片山久安は三歳だった。

松庵の道場は屋敷と繋がっていて今津川の傍にあった。

もう、稽古が終わって道場に人はいない。

二人は道場で半刻ほど話し合った。片山家はこの後、毛利家の分家吉川家の剣術師範をすることになる。

重信は九州に行くのを少し延ばして、片山道場で松庵に神夢想流を伝授することになった。

片山松庵は道場を持つだけの剣客だった。

松庵は湊で見た重信のあまりの強さが脳裏から離れない。翌日からの二人の稽古は激しかった。

夏まで岩国にいて、重信は松庵に神夢想流神伝居合抜刀表二十二本を伝授した。その間に、松庵の供で何度か湊に行ったが、例の乱暴な武家は現れなかった。

あの時、助けた女にも会わない。

松庵の話ではあの事件のすぐ後に、女は九州に売られて行ったとのことだった。

暑くなってくると重信は九州に旅立つことにした。

「帰りにもぜひ寄って下さるよう、お待ちしております」

松庵に見送られて船に乗った。

片山道場は数人しか門弟のいない小さな道場だったが、松庵が剣術に熱心な人で教えがいのある稽古だった。

少ない門弟もみな稽古熱心だ。重信は再会を約して岩国を旅立った。

街道を歩くより船旅は爽快でいい。

海の風が何んとも心地いいのだ。トロトロと眠くなってくる。船はいい塩梅の風に押されて海峡を滑るように通過する。

重信は風の気持ちいい舳先に座っていた。

「お侍さま……」

傍の若い男が声をかけてきた。まだ子どもじゃないかと思った。

「ウトウトしておった。何かな？」

「お侍さまはこの春、岩国の湊で乱暴な浪人三人を斬ったお方でしょ？」

「見ておったのか？」

「へい、あまりに強いので驚きました」

大人びた口調だが、顔はまるっきり子どもだ。

「そんなに強かったか？」

他人事のように言って重信がニッと笑う。

「強いのなんのって、この辺りだけでなく九州でも見かけねえな。いや、九州には強いのが一人いる！」

「丸目蔵人佐さま！」

「ゲッ、知っていなさるんで、話が早いや！」

「これから会いに行くのだ」

「ゲッ、おったまげたわ……」

男が眼をむいて驚いた。小僧と言った方がいいかも知れない。

「そなた、剣に興味があるのか？」

「まあ、あるというか、ないというか、微妙だな……」

生意気な口ぶりだ。十四、五と思われる小僧の一人旅とは珍しいと、重信は何をしている男なのか興味を持った。

「そなた、名前は？」

「名前か、お侍さまは？」

「うむ、林崎甚助、正しくは林崎甚助源重信だ」

「源氏か、この先が壇ノ浦だよ」

男が海の彼方を指さした。

壇ノ浦は源氏に追い詰められた平家が安徳天皇と共に、波の底に沈んだ悲劇の海だ。多くの平家の公達《きんだち》が天皇と運命を共にした海峡である。

「そうだな。厳島神社にはおまいりしてきた」

「悲しい言い伝えの海だ。俺の名は蜻蛉《とんぼ》だ」

「蜻蛉？」

「俺は棄て子だ。寺の門前に捨てられていた。まだ臍の緒がついていたそうだ。その赤子に蜻蛉が止まっていたから和尚が蜻蛉と名付けてくれたのさ……」

「蜻蛉か、いい名前だ」

「そうかい？」

「蜻蛉は前に一直線に飛ぶから縁起がいいという。特に武家は尻込みすることを嫌うからな。蜻蛉は尻込みしない」

「うん、俺も気に入っている。親にも和尚にも感謝しているのさ……」

「そうか……」

「間引かないで、寺に捨ててくれたからな……」

「そうだな。間引かれたらここにはいない」

「うん、おっかあには育てられない事情があったのさ、きっと……」

この頃、貧しい百姓は子ができても育てられず、子殺しをして間引く母親が少なくなかった。

女の子であれば育てて売ることもできるが、男の子を育てても売ることはできない。そんな時、母親は泣き泣き子の首を絞めるのだ。

子はすぐできるが、育てることは容易ではない。

「蜻蛉、それがしの子にならぬか？」

「お侍さまの子か、いいけど、お侍は怖いからな……」

「剣術を教えてやる。自分を鍛えて強くなれ！」

「うん……」

「名は蜻蛉之介《とんぼのすけ》、姓は浅野でどうだ？」

「林崎じゃないのか？」

「それがしの本当の名が浅野なのだ。林崎は神さまからお借りした名前だ」

「うん、おれの名が浅野蜻蛉之介……」

「おれではまずい。それがし、拙者、余などだな……」

「余は浅野蜻蛉之介であるか、ケッ、おもしれいや……」

「余は偉そうだな」

「拙者は浅野蜻蛉之介である」

「それでいい」

話しているうちに蜻蛉が重信の息子になった。

蜻蛉がどんな子か、何をして生きてきたか、重信にはおおよその見当がつく。

結構な悪さをして生きて来たに違いないのだが、優しさと素直さがある。そこが気に入った。

深雪や薫が産んだ子たちもこんな歳ごろだろうと思う。

その子たちにとっては良い父親ではないと重信は思うのだが、良い父親になれば母や薫のように子を神に奪われる。

それが唯一の重信の恐怖なのだ。

「どう呼べばいいかな。親父、おっとう、父、お父上……」

「父上だろう」

「そうか、お父上はあのいじめられた女がどこに行ったか知っているか？」

「松庵さまから九州に売られたと聞いたが？」

「豊後の何んとかいう温泉宿に売られたんだ。よくあることだけど……」

蜻蛉之介はそういう女を何人も見てきた。中には好きになった女もいた。そういう女は突然、姿を消すことが多い。

重信は蜻蛉之介と九州に上陸すると阿蘇に向かった。二人は道々剣術の稽古をしたが蜻蛉之介に剣の素養があるとは思えない。そこそこできればと思うしかない。ただ、歳が十五歳と若いのが救いだ。

この頃、丸目蔵人佐はタイ捨流を九州一円に広めるため、肥後人吉、肥前佐賀、筑前柳川、肥後八代、時には薩摩にも行くなど精力的に動き回っていた。

後に、薩摩に現れる示現流《じげんりゅう》はタイ捨流と京の自顕流《じげんりゅう》から産まれる。

阿蘇の広大な天空の庭で、思い切り剣を振るった二人は、肥後熊本に駆け下りて行った。

いつの間にか蜻蛉之介は脇差を腰に差し太刀は背負っている。

どこから持ってきたのか、重信は咎めもせず聞きもしなかった。

九州を廻国している丸目蔵人佐の所在は、なかなか摑めなかったが、聞きまわっているうちに、同じ肥後の薩摩に近い人吉にいることを、蜻蛉之介が聞きつけてきた。

人吉は急流球磨《くま》川の中流にある。

「よし、蜻蛉之介、急ごう。丸目さまがよそに移ってしまうと厄介だ」

「はい、熊本から七、八里南に行くと球磨川があります。その球磨川沿いに遡って行けば人吉です」

「そなた、詳しいな？」

「へえ、その球磨川の辺りで産まれたらしいんで……」

「そうか、生まれ故郷か、育ててくれた和尚さんは？」

「死んじまった。それで俺も九州から出て周防に行ったんだ。三年前だよ」

「なるほど、戻ってきたということだな。知り合いがいれば立ち寄っていいぞ」

「そんなものいねえよ」

にわか作りの侍は言葉がどうしてもぞんざいだ。

蜻蛉之介は和尚の死後、寺を飛び出し乞食と泥棒をしながら、周防の岩国まで行ったが、あまり良いことがなく、九州に戻ろうと船に乗って重信と出会ったのだ。

どこの寺で育ったのか蜻蛉之介は言わない。

ルネッサンスの息吹

二人はまだ暗いうちに熊本を発って南に向かった。

熊本から薩摩に下る道で八代までほぼ八里半、八代から人吉街道を十三里半の道のりだ。二人は急いだ。

人吉に入ると丸目蔵人佐が人吉城に近い瑞祥寺にいることが分かった。

重信は到着するとすぐ出羽の浅野甚助と名乗って丸目蔵人佐に面会を求めた。京の産寧坂で父数馬の仇坂上主膳を討つ前、重信は宇治平等院の境内で名乗り合っていたのだ。

その時、浅野甚助と名乗った。

「おう、出羽の方ッ!」

丸目蔵人佐が本堂から出てきた。

蔵人佐は重信をよく覚えていた。重信より二つ年上の蔵人佐は剣技を鮮明に覚えている。

丸目蔵人佐は剣でも人間としても円熟期に向かっていた。

剣だけでなく槍、馬、弓、薙刀、手裏剣、忍術、書、和歌、笛、舞など二十を超える才能を持つ超人だった。

中でも素晴らしいのは二十五年前の天文二十一年(一五五二)に来日し、豊後の大《おお》友宗麟《ともそうりん》から土地を貰い、外科、内科など総合病院を作ったルイス・デ・アルメイダに医学を学び、西洋医学を身につけていたことだ。

まさに丸目蔵人佐は文武両道の天才だった。

遥々訪ねてくれた知己を蔵人佐は最大の歓迎をもって迎えた。ところが珍妙なことが起きた。

「アッ、小僧ッ！」

「ゲッ、あんたが蔵人かッ！」

「この野郎ッ！」

「ご免ッ……」

蜻蛉之介が重信の後ろに隠れた。

「出羽の方ッ、この小僧は？」

「数日前、岩国から乗った船の中で知り合い、それがしの息子にしました」

「む、息子？」

さすがの蔵人佐も数日前、息子にしたと聞いて仰天する。

「小僧ッ、この方に免じて許してやるが、片腕ぐらい取られても仕方ないのだぞ！」

「ごもっともで、ご免なさい……」

「出羽の方、どうぞ、お上がり下され。小僧、そなたはそこに座っておれ！」

「へい……」

実は、この春、京から戻ってきた丸目蔵人佐一行の一人が、岩国の湊で銭の入った革袋を盗られ追い駆けたのだが、蜻蛉は足が速く逃げられた。

重信はそんなことだろうと思っている。

蔵人佐も剣客修行の弟子が、銭袋を子どもに取られたというのでは恥なのだ。それ以上は言及しなかった。

重信は名を浅野甚助から林崎甚助に変えたことから、蛸蛉の生い立ちや名を浅野蛸蛉之介にしたことまで話した。

「蛸蛉之介はそれがしが預かりましょう。鍛えて、島津家か相良家に仕官させましょう」

「それでは、あまりにも厚かましい……」

「いや、林崎殿のお気持ちに感服しました。肥後で産まれた子は肥後のそれがしが育てるのが筋、巡り合ったのも縁でござろう。心配あるな。それより、神夢想流の居合抜刀を伝授いただけますか？」

「承知いたしました」

蛸蛉の運命が数日で急転することになった。この二十四年後、重信と蛸蛉は再会することになる。

天才丸目蔵人佐と剣神林崎甚助の稽古が始まった。

互いに真剣を持っての稽古だ。この神伝居合抜刀表二十二本がタイ捨流居合として後世に残る。

重信は九州で翌年の春まで過ごす。京では十一月十日に信長が右大臣に昇進した。

信長の欲しい征夷大将軍は、義昭が備後鞆の浦にいることを理由に正親町天皇は宣下しない。

その裏には信長を勤皇として信じきれない思いがある。

信長は本当に勤皇なのかという重大かつ根本的な疑いがあった。そんな天皇に対して信長は誠仁親王へ譲位するよう迫っていた。

朝廷では、応仁の乱後、天皇が譲位したことがない。

朝廷では、天皇が亡くなってからの践祚《せんそ》を諒闇《りょうあん》践祚、誠に暗いと考え、あまり望まれない。

それに対して天皇が譲位する践祚を受禅《じゅぜん》践祚と分けて考え、諒闇践祚ではなく譲位する受禅践祚を望んでいた。

正親町天皇は譲位したいが、信長は誠仁親王を取り込んでいて、譲位すると天皇が信長の傀儡にされると警戒していた。

それが翌年三月十三日に上杉謙信が急死するとはっきりする。

信長は一ヶ月も経たない四月九日に右大臣と右近衛大将を辞任、もう天下に怖い者はいないとでもいうようにポイと官位官職を捨てた。

これ以後、信長は死ぬまで、天皇に勧められても官職に就くことはない。

乱世は天下人に信長を迎え、重大な局面に向かうことになる。

信長は武力を背景に天下人にはなったが、征夷大将軍ではないという、何んとも具合のよくない状況になっていく。

天正六年（一五七八）春、三十七歳になった重信は丸目蔵人佐と九州を廻国し、京に戻ろうと考えていた。

神夢想流の居合抜刀は大成に向かっている。

一剣を以て大悟する。

重信の考えに間違いはない。

居合の居は体のあるところ、心のあるところ、居合の合は来ればすなわち迎え、去ればすなわち送り、人を敬い、人を愛し、人と和合する。

神夢想流の極意に重信は近付いていた。

丸目蔵人佐と重信、蔵人佐の門弟三人と蛸蛉之介の六人は、筑前博多から豊後大分府内城下に急いでいた。重信が周防に戻るためでもある。

アルメイダ病院は府内城下にあった。

二十六年前、夢多きルイス・デ・アルメイダがポルトガル国王に下付された医師免許を持ち、冒険商人としてインドのゴアからマカオ経由で日本に上陸。

交易で莫大な富を手にすると豊後府内城下に総合病院を開業して、無償奉仕の医師として働くようになる。

治療はもちろん多くの医師を育てる仕事もした。

日本の医療においてアルメイダの功績は計り知れないほど大きい。

この時、アルメイダは府内にいたが、二年後の天正八年にマカオに行き、司祭に叙階して日本に戻り、三年後の天正十一年に天草河内浦で死去する。五十八歳だった。

府内城下の北西三里足らずのところには、鎌倉期から湯治場として栄えた柴石、別府、鉄輪《かんなわ》など豊富な湯が湧き出している温泉があった。

あまりに多くの湯が吹き出し、火山も多く地獄のような最悪の場所だったが、平安から鎌倉期に整備される。

多くの人が集まる湯治場になった。

六人は府内に入る前に旅の疲れを鉄輪温泉で取った。

蜻蛉之介が、前の年に岩国から女が鉄輪温泉に売られたことを思い出して探したが、女はどこに流れて行ったのか見つからなかった。

重信は府内城下で丸目蔵人佐たちと別れ船に乗ることにした。

蜻蛉之介は別れがたい顔だが、「父親の名を聞かれたら林崎甚助だと言えよ」と言い含めて別れた。

重信は岩国まで戻ってくると、片山松庵道場を訪ね、夏まで滞在して稽古をした。

この時代、武芸者の名が上がれば上がるほど敵が増えた。

名のある武芸者を倒して、高禄で仕官にありつこうとする者が多かったからだ。武芸や兵法を身につけ、有力大名に仕官することが多くの武芸者の目的だった。重信のように自分が開いた流儀のために廻国修行をする者は少ない。

塚原卜伝や上泉伊勢守のように城主だったり、吉岡憲法や富田勢源のように大名の師範だったりすれば生活に心配はない。

重信のようにどこに行っても歓迎される剣技があれば困ることはないが、廻国修行の武芸者の多くは中途半端な技の浪人なのだ。

そのような武芸者はなかなか辛いものがある。場合によっては陣借りをして戦いに従軍することもある。

それも勝手に戦いには出られない。

それが名のある武芸者の敵に回ることになる。武芸者同士の果たし合いは真剣勝負になることが多い。

倒すか倒されるかだ。

片山松庵に礼を述べ重信は夏になると岩国を発った。

重信の終わりのない旅が続いている。

錦川沿いに北上して中ノ瀬から傍示《ぼうじ》ケ《が》峠《とうげ》を越えて、石見に出ると出雲の大社《おおやしろ》に向かう。

この頃、右大臣の職を放り投げた信長は、京に近くもっとも厄介な敵である摂津石山本願寺の命脈を断つ考えだ。

伊勢志摩の九鬼嘉隆《くきよしたか》に命じて鉄甲船六隻を新造させている。

二年前に毛利の村上水軍に織田の九鬼水軍が壊滅させられた焙烙玉攻撃を防ぐ、燃えない船の建造だ。

長さ二十間、幅七間と巨大で、鉄甲という鎧を着た恐ろし気な船が完成に近づいていた。

世界の海に鉄の船が浮かぶのはこの三百年後である。戦争はいつでもとんでもない武器を発明する。

西欧はルネッサンスの真っ盛りで、ルイス・フロイス、グネッキ・オルガンティノなどキリシタン宣教師を受け入れている信長は、そのルネッサンスの息吹を感じていた。

地球が丸いことを、いち早く知っていたのは信長で地球儀さえ持っている。

「この世が丸いわけがなかろう」

「そうだ。平らに決まっているわい！」

「馬鹿なことを言うもんじゃねえッ、鉄が海に浮かぶわけがあるまいよ」

「そうだ。そんなことを言う者は、だいぶ頭がおかしいのだ！」

信長にしてみれば、実は、そう言っているそなたらの頭がおかしいのだった。

信長は「やってみろッ！」と命じる。

勘が鋭く頭脳明晰な信長は「あり得るかも知れないッ！」と思う。だから、信長は地球が丸いことも月食も日食もすぐ理解した。

鉄の鎧を着た巨船が沈まないことも知っていた。

秋の収穫の兵糧と武器弾薬を満載した毛利の村上水軍が、石山本願寺に補給しようと、二年前と同じように木津川河口沖に六百隻の大船団で現れた。

それを迎え討ったのが、信長自慢の巨大鉄甲船六隻と、滝川一益《たきがわかずます》の大安宅船《おおあたけぶね》一隻だけだった。

陸から見ていた野次馬は「ありゃなんだ。馬鹿でかい船だが、たった六隻かよ。こりゃ、どう見ても駄目だな……」などと言っている。

村上水軍は小回りの利く関船や小早《こはや》が多い。

急接近して焙烙玉を投げつけ素早く逃げるという戦法だ。二年前はこの焙烙玉戦法にキリキリ舞いさせられ、全く抵抗できずに九鬼水軍は壊滅した。

今度はやられないぞという意気込みの新戦法だ。

たった六隻だが鉄甲を着ている上に、鉄砲、大筒、小型の大砲すら装備している恐怖の軍船である。

軍艦と言ってもいいのかも知れない。

天正六年十一月六日の木津川河口沖の冬の空は澄み渡っていた。

辰の刻に村上水軍が、得意の焙烙玉攻撃を仕掛けて戦いが始まった。舵を切って巨船に急接近すると焙烙玉を投げつけ反転して逃げ去る。

得意な戦法だが焙烙玉は鉄甲にぶつかって割れるだけだ。

「何んだこりゃッ！」

「逃げろッ！」

バリバリバリッズドーンッ！

巨船から鉄砲の一斉射撃と大砲の狙い撃ちだ。

メリメリッと大砲の弾が命中すると木造の小早の船体が裂ける。

「もたもたするなッ、海に飛び込めッ！」

叫んでいる隣で積み込んでいる焙烙玉が鉄砲に狙われて大爆発する。

船頭も兵も海に吹き飛ばされる。

海賊水軍はあきらめない。一隻の鉄甲船に七、八十隻の関船や小早が群がって焙烙玉を投げつける。

それでも全く焙烙玉攻撃では歯が立たない。逆に味方の船に焙烙玉が落ちて来て破裂する。

「馬鹿野郎ッ、どこに投げてんだッ！」

「敵は向こうだッ、この野郎ッ、狙って投げろッ！」

怒鳴っている間に焙烙玉が爆発する。

海の上はたちまち燃え上がった船、船体が裂けて半分沈んでいる船、自爆した船で埋め尽くされた。

海賊水軍は戦いを好転させようとあきらめない。

木津川河口を突破しないと摂津石山本願寺を助けられない。織田軍に包囲され餓えが始まっていることを毛利軍は知っていた。

兵糧が入らなければ本願寺軍が餓えて死ぬ、もう猶予はない。

あきらめない必死の攻防になった。

本願寺の運命がこの海戦にかかっていた。だが、六隻の鉄甲船は焙烙玉の猛攻にも全く無傷だ。一隻の安宅船も沈まない。

ドーンッ、ドーンッと大砲の音が海上に鳴り響き、傷ついて船足が遅くなった関船や小早は次々と大筒や大砲の餌食になる。

午の刻になると、遂にヨロヨロと村上水軍が沈没しそうになりながら、四国の阿波方面を目指して逃げ始めた。

鉄甲船の唯一の弱点、鎧を着た船体が重く船足が遅い。

水夫たちも疲れていてフラフラ、ヨロヨロの村上水軍を追撃できない。それでも織田軍の大勝利に間違いない。

この海戦の結果、石山本願寺は重大な局面を迎えることになった。

ところが、宗門が消えてしまうことを危惧した正親町天皇が、両者の仲裁に入り本願寺は生き残ることになる。

その頃、勝家と大喧嘩をして勝手に戦線離脱した秀吉は、念願通り西国戦線に回され、破竹の勢いで播磨を平定すると但馬《たじま》や備前に戦線を拡大していた。

その秀吉軍に軍師として迎えられたのが黒田官兵衛で、その家臣に剣客新免無二斎がいる。

巫女神楽

重信は山陰道を京に向かっている。

途中で出雲の大社に立ち寄った。この大社は古代から杵築大社《きづきのおおやしろ》と呼ばれてきた。

出雲大社と名を変えたのは明治四年である。

重信が大社に来た時、ちょうど神無月と呼ばれる十月だった。

全国の八百万《やおよろず》の神々が神議を行う月と言われ、留守神の荒神などを残し、全ての神々が出雲に集まる月と言われる。

出雲では諸国とは逆に神在月という。

祭神は大国主大神《おおくにぬしのおおかみ》をお祀りする本殿内は、皇族といえども入ることが禁じられている霊域である。六十年に一度、遷御が行われる。

大国主大神が皇孫に国譲りするにあたり「わたしの住むところを、皇孫の住むところと同じに、太く深い柱で千木が空高くまで届く、立派な宮を造っていただければ、そこに隠れていましょう」と仰せになられた。

よって、約束として天之御舎《あめのみあらか》が造られた。

古代、天之御舎は三十二丈（九十六メートル）の高さがあり、千木は天を突いて輝いていた。

霊神のお隠れになる大社だった。東大寺大仏殿の十五丈を遥かに凌ぎ、天子の大極殿よりも大きかった。

平安期の遷御で高さ十六丈と半減になり、江戸期の遷御で高さ八丈とさらに半減される。大社は小さくなった。

いつしか、人々は平気で国譲りの約束を破った。そして、多くの災害、危難が霊神の怒りだと誰も考えなくなった。

重信が見た大社は高さ十六丈の大きな社である。

その本殿の真後ろに素鵞社《そがのやしろ》がある。

その社に鎮座《ちんざ》するのがスサノオなのだ。大国主大神はスサノオとクシナダヒメの間に産まれた八島士奴美神《やしまじぬみのかみ》の子孫で、スサノオの七代目の子孫になる。

上宮にはスサノオと八百万の神々が祀られ、神々の会議所となっている。

神代の頃、スサノオは出雲の鳥髪山に降りた時、荒らしまわる怪物八岐大蛇《やまたのおろち》に、生贄《いけにえ》にされそうな美しい娘と出会う。

櫛名田比売命《くしなだひめのみこと》である。

スサノオは娘を助けようと、娘を櫛に変えて髪に挿し、八岐大蛇と戦って退治するとその尾から草薙の剣を発見する。その剣を天照大神《あまてらすおおみかみ》に献上、剣は天皇の権威を示す三種の神器の一つになる。

スサノオはクシナダヒメを妻に娶り、出雲の須賀の地に行って八島士奴美神が産まれる。

「剣術はスサノオより起こる」といわれる。

それはスサノオが八岐大蛇と戦い、草薙の剣こと天叢雲《あめのむらくも》の剣を得たからだ。

重信はそのスサノオから神夢想流を授かり、天下に広めることを約束した。その約束を実現するため旅を続けていた。

やがて林崎甚助重信はスサノオと共に祀られ剣神になる。

出雲はスサノオの住む国でもあった。

その日、重信は大社で巫女舞を見た。
七、八歳の稚児が八人で舞う八乙女舞で、巫女神楽などともいう。その歴史は古く、神代に天岩屋戸の前で天鈿女《あめのうずめ》が舞ったことから始まる。
巫女は処女でなければならず稚児のことが多い。白い水干を着た八人は手に鈴を持って舞う。

巫女舞は神がかりの儀式でもある。中にひときわ美人で舞の上手な巫女がいた。

「やっぱり阿国《おくに》は舞が上手だ。他の子とはぜんぜん違うわ」

「何んといっても飛び切りの美人だ。どこに行っても勧進がはかどるから大助かりだな」

「色気がつくと困るけど……」

「それが怖いのよ。美人には言い寄る男が多いからな」

「まあ、いいとこあと五年ぐらいだな？」

「女の子はたちまち大人になるからか……」

巫女舞を見ながら二人の女が話している。それを重信は傍で聞いた。

勧進というのは大社の勧進で、近隣の村々や出雲国内から近隣の石見、安芸、伯耆などを巫女舞が回って、六十年に一度の遷御の莫大な費用などを集める。巫女も十二、三歳になれば大勢で京辺りまで勧進に回ることがあった。

重信は笠を取って巫女舞を見ていた。

阿国は武家が気になるのか、チラ、チラと重信を見る。

何んとも色っぽい流し目だ。女は稚児でもこれだから怖い。重信はニッと笑って一礼すると立ち去った。

大社に近い旅籠に宿を取った。

広大な神域が八雲山から海まで広がっている。神々が集う月はことさらに清浄な霊域なのだ。

翌朝、朝餉をすませてから旅籠を出た。

重信が行きたいのは日沈《ひしずみ》の宮と言われる日御碕神社《ひのみさきじんじゃ》だ。

大社から海辺に出て北に二里半ほど行くと日御碕にある神社だ。旅籠を出ると重信は網代《あじろ》の笠をかぶって海辺に向かう。
五、六町ほど行くと「お武家さまッ！」と呼び止められた。
「おう、そなたは巫女の？」

「うん……」

昨日、大社で舞っていた巫女舞の娘だった。

「ここは阿国殿の家か？」

「ん、どうして名前を知っているの？」

「実はな、秘密を守れるか？」

「いいよ」

「それがしはスサノオなのだよ？」

「嘘だーッ……」

「どうして？」

「だって、髭がないもの……」

「そうか。今度、髭をはやしてみるか？」

娘が家を指さした。そこは鍛冶の家で戸が開いていて、カチン、カチンと音が聞こえ鞴《ふいご》の音もする。

「そなたの父上か？」

「うん、見る、おもしろいよ」

「いいのか？」

「うん、いいよ」

気のいい娘で重信の手を引いて鍛冶場に連れて行った。鎌を作っている。

「御免！」

娘の父親がペコリと頭を下げたが手は休めない。

真っ赤に焼いた鎌を金づちで叩く、なかなか力のいる仕事のようだ。二人が火花の飛んでこない辺りに屈んでしばらく見ていた。

鎌を一本叩き終わると娘の父親が手を止めた。

「これから日御碕へ？」

「はい、日御碕神社へ参拝にまいります。娘が失礼をしたようで……」

「ここから二里半ほどあります。娘が失礼をされておったので舞を拝見しました。以来、」

「いやいや、阿国殿は昨日、大社の巫女をされておったので舞を拝見しました。以来、それがしの友人にて何も失礼なことなどありません」

「そうですか。娘は巫女舞が好きでさせていただいております」

重信が鍛冶場に入ってきたのは、この男は剣を使うと感じたからだった。

阿国の父親は中村三右衛門《なかむらさんえもん》といい大社の鍛冶方だった。中村家は代々鍛冶方の家系である。

三右衛門は若い頃、伯耆大山の大神山《おおがみやま》神社で修験をし、勧進に諸国をまわる巫女舞の一団を護衛する仕事をしていた。

浄財を集める勧進の巫女舞たちは女の集団で、屈強な護衛がいないと廻国には出られない。

どこの地方の巫女も山伏数人を護衛にすることが多かった。

それを重信は感じたのだ。

大社のためであれば、危ない仕事も引き受けるのが三右衛門たち鍛冶方だった。それを見抜かれたと感じた三右衛門が名乗った。

「大社の鍛冶職をいたしております中村三右衛門にございます」

「それがしは出羽の林崎甚助と申します」

「出羽といえば羽黒山に若い頃、まいりましてございます」

「そのように思いました」

二人が沈黙した。やはり見抜かれていたと三右衛門が納得する。

「出羽へお帰りに？」

「いや、京にまいります」

「そうですか。織田軍が但馬まで出てきているとのことです。気をつけられますように……」

「但馬ですか？」

「織田軍の勢いは毛利さまでも止められないのではと思っております」

「ここは神の霊域ですから手出しはできぬかと？」

「はい……」

重信は腰を上げた。

「それでは日御碕へ行ってまいります。御免！」

三右衛門に一礼して鍛冶場から出た。笠をかぶって歩き出す。

「お武家さま……」

阿国が走って追ってくる。重信が道端に立ち止まって振り向いた。

「どうした？」

「帰りにも寄ってくれるようにって……」

息を切らしている。

「承知したと伝えてくれ！」

「うん……」

「どうした？」

「お武家さま、京に行くの？」

「そうだ。お参りが済んだら京に帰る」

「京は綺麗？」

「いや、ここの方が綺麗だな」

「嘘だーッ……」

「どうして？」

「だって、天子さまがいるんでしょ？」

睨むように阿国が重信を見上げた。何んとも色っぽい眼の娘だと思う。重信は阿国が京に憧れているのだと分かる。

「そういうことか。京は人が多くてゴミだらけ、それでここの方が綺麗だと言ったのだ」

「ふーん、ゴミだらけか？」

「巫女舞で行くのか？」

「うん……」

「京に行ったらお公家さまの勧修寺さまを訪ねて林崎と尋ねなさい。どこにいるか分かるはずだ」

「うん、勧修寺の林崎、勧修寺の林崎、分かった！」

よろこんで阿国が戻って行った。神さまに仕える夢多き娘だ。

阿国

出雲の大社の祖神《おやがみ》さまというのが、日御碕神社の下の日沈の宮と上の神の宮である。日沈の宮の祭神は天照大神、神の宮の祭神がスサノオだ。

東の伊勢神宮には日の本の昼を守れ、西の日御碕神社には日の本の夜を守れと勅命があったといわれる。

海に突き出た岬の断崖の上にある夕景の美しい神社だと言われている。まさに日沈の宮だ。

重信は神社から日御碕まで足をのばした。

まだ昼前だが戻ることにした。三右衛門が立ち寄って欲しいというのには、何か理由がありそうだと思った。

のどかな気分で重信が歩いていると百姓家の老婆が声をかけてきた。

「お武家さま……」

重信は立ち止まって道端の老婆に近付いて行った。

「出雲は初めてかのう？」

「うむ、この辺りは良いところだな」

「神さまのおられるところだから……」

「そうだ。これほど神さまを感じるところはない」

「当たり前だ。出雲はどこに行っても神さまがおられるからな」

ニコニコと皺深い老婆が石に腰を下ろしている。その傍に重信は腰を下ろした。

「今は神在月で、稲佐の浜で神迎《かみむかえ》が済んだばかりだから、神議《かみはか》りの最中で神さま方が色んなことを聞いておられる最中だな。日御碕神社でも神迎をしたのだ」

「なるほど、国中の神々が出雲におられるということか？」

「そうだ。今頃、神議りで誰と誰を一緒にするか決まっているころだわ……」

重信は老婆の語る話をうなずきながら聞いた。

十月十日に稲佐の浜で神迎の神事を行い、八百万の神々を稲佐の浜にお迎えし、大社まで十町の神迎の道を通って、神々を神楽殿にお迎えして神迎祭をする。

迎えられた神々は旅社《たびしゃ》に入られる。

十一日から十七日まで神々は人々の結婚だけでなく、この国の全ての縁結びを行うという。神在祭も行われる。

十月十八日に神等去出《からさで》祭が行われ、神々が出雲から帰って行くという。

「神在餅を食うか？」

「ぜんざい餅ですか？」

「違う、神在餅だ……」

「有り難く頂戴いたします」

神在餅は神々が滞在している間に食される餅だが、老婆が言うとぜんざい餅なのかずんざい餅なのか分からない。正しくはじんざい餅である。

老婆が木の椀に入った神在餅を持ってきて馳走してくれた。

「信濃の諏訪大社の明神さまだけは出雲に来ない……」

「ほう、諏訪の明神さまが？」

「うむ、一度来たのだが諏訪明神の龍はあまりにも大きくてな、八百万の神々がびっくり仰天、諏訪明神は来なくていいということになったんだと、ヒッヒッヒッ……」

老婆が気持ちよさそうに笑った。

「間もなく、神さまたちがお帰りになる。来年はいい年になるだろうよ」

老婆がここに住んでいる以上、毎年がよい年に違いない。乱世の悲惨とはかけ離れた神々の霊域にいるのだから。

「婆さん、馳走になった。いい話を聞かせてもらった。わずかばかりの賽銭だ。ご免！」

「気をつけて行きなされや……」

神のような婆さんに見送られて重信は立ち去った。

重信が戻ってくるのを阿国は道端に出て待っていた。もう一人の女の子と走ってきた。

「お帰りなさい。妹の阿菊《おきく》……」

「二人はそっくりだな？」

「うん、よく言われるよ、双子だろって……」

阿国と阿菊がおもしろがってケッケッケッケッと鶏のように笑う。二人に連れられて鍛冶場に行くと三右衛門は仕事を終わっていた。

「いかがでしたか、日御碕神社は？」

「日沉の宮らしい社でした」

「この辺りはどこも日没が綺麗です」

「神在餅を馳走になりました」

「ああ、あの婆さんは日御碕神社の名物ですよ」

三右衛門がニヤリと笑った。

「どうぞ……」

重信を三右衛門が座敷に連れていった。三右衛門の妻が挨拶に出て酒の支度をしたが、一献だけで断り三右衛門だけが飲んだ。

「間もなく、神等去出祭が行われます」

「お聞きしました。神々がお帰りになる神事だそうですが？」

「そうです。それが終わりますと大社の修繕の勧進が京に向かいます。総勢で十四、五人になります。どうでしょうか、京までご一緒をお願いできませんでしょうか？」

「違うのか？」

「違うよ！」

重信は三右衛門の用向きを理解した。

「承知いたしました。出立はいつになりますか？」

「四日後にございます」

「分かりました」

「それまで、ここにお泊りください」

「それはかたじけない。では、遠慮なく厄介になりましょう」

重信は三右衛門の好意を受け入れ世話になることにした。三右衛門は重信の人柄と剣の力量を見抜いたのだ。

二人の娘が珍しい客人に大喜びだ。母親も巫女舞と諸国を回ってきた人で気さくだった。

翌朝、暗いうちに起きた重信が乱取備前だけを腰に稲佐の浜に下りて行った。渚の白波の音が響いている。浜の渚にポツンと弁天島があった。

潮が満ちてくると海の中に立つ島になる。

足場を砂の中に固めると鞘口を切って、一気に抜いて横一文字に胴を抜いた。

血振りをして鞘に納めると同時に抜いて逆袈裟に斬り上げた。稲佐の浜の沖に剣先がグッと伸びる。

四半刻もすると汗をかいてきた。

呼吸を整え砂に正座して片膝を立て、同時に鞘走った太刀が敵の胴を深々と横に斬っている。

フッと人の気配に気づいて砂の丘を見上げると、白くなってきた空の下に三右衛門と阿国が木刀を持って立っていた。

太刀を鞘に納めて重信は稽古を中断する。

「邪魔をしてしまったようで……」

「いや、ところで娘さんに剣を教えておられるのですかな？」

「はい、巫女舞は諸国を回りますので、護身になるかと思いまして……」

「そうですか。では、どうぞ」

重信が二人の稽古のため場所を譲った。

娘を守ろうとする父親の愛だと思う。重信は砂丘に腰を下ろして二人の稽古を見ていた。渚の波に足を洗われる父と娘の剣術だ。

まだ、木刀が重い歳ごろの阿国だが、それでも、もう半年ぐらいの稽古はしているように見える。

親と子の微笑ましい光景だが、巫女舞がひとたび勧進の旅に出れば、何が起きるか分からない。旅に出れば何日も家には帰れない。

そんな娘に対する親心だ。だが、阿国は四半刻もしないで疲れてしまう。

「失礼ながら先ほど拝見しました。見かけない剣法のようでしたが、一手ご指南いただけませぬか？」

三右衛門が稽古を止めて重信に願った。二人の稽古を見ていた重信は三右衛門が相当の剣の使い手と見た。

「承知いたしました」

立ち上がると重信は阿国から少し短い木刀を受け取った。

「では！」

重信と三右衛門が足場の悪い砂浜で対峙した。二人の力の差は歴然だと双方が分かった。三右衛門が木刀を上段に上げて踏み込んだ。

修行した剣だが重信には遠く及ばない。それは剣士ではないのだから仕方がない。

三左衛門の太刀をカッと弾いて重信が胴を斬り抜いた。

「まいりました……」

一瞬で勝負が決まった。あまりの早業に三右衛門が呆然としている。

阿国も何が起きたのが分からずキョロキョロしているが、父親が負けたことだけは分かる。

「神夢想流居合抜刀です」

「居合抜刀？」

聞いたことのない剣法だ。

重信は阿国に木刀を返すと、腰の乱取備前を抜いて、三右衛門に神夢想流の型を見せた。

阿国は不思議な美しさだと思う。

人を斬るとは思えない剣法だ。

「では、お願いいたします」

「承知しました」

重信は三右衛門に神夢想流神伝居合抜刀表三本を伝授した。それを見ていた阿国が砂に足を取られながら真似をしている。

なかなか熱心だ。

翌朝も重信は神夢想流を中村三右衛門に伝授した。

それで阿国にも剣を教えることになった。数年後、阿国は男装して男踊りをし人気を博すようになる。

巫女舞一行十三人が集まり、荷運びの男が五人と護衛三人が集まった。三右衛門だけは伯耆大山の大神山神社の修験者姿だ。

そこに重信が加わった。

行きはこの程度だが、帰りは勧進の金や銀を持っているため、場合によっては何人もの護衛が迎えに来るのだという。

神々に護られている巫女舞一行だが、乱世ではどこで何が起きるか分からないのが事実だ。

一行は三右衛門の指揮で山陰道を東に向かった。

その巫女たちの中に阿国と阿菊、その姉妹の面倒を見る母親もいる。幼い巫女が八人いた。

宍道湖《しんじこ》畔を東に向かい松江、安来《やすぎ》、米子《よなご》と歩いたが、子ども連れの旅は遅々としてはかどらない。

八人の巫女はみな阿国と同じような歳ごろだ。疲れた子は大人に背負われての旅になった。

一日に六里も進めればいいのんびり旅だ。重信も阿国と阿菊を時々背負った。

この年は秀吉の西国進出で播磨の国が鳴動している。

播磨は西国から京に出る出口で、秀吉に平定されては毛利家がおもしろくない。特に秀吉が味方している尼子家は毛利家の不倶戴天の仇だ。

尼子家から全てを奪った毛利家は、尼子の復活だけは何があっても見過ごせない。

その尼子勝久《かつひさ》が播磨の上月城《こうづき》にいる。

毛利は吉川元春《もとはる》、小早川隆景《こばやかわたかかげ》、宇喜多《うきた》忠家《ただいえ》など三万の大軍を出陣させた。上月城には尼子勝久の籠城兵が三千しかいない。

そこに秀吉が一万の援軍を出した。秀吉のもう一万は三木城の別所長治《べっしょながはる》を包囲していた。

別所長治が秀吉の西国侵攻に反発したのだ。

蜂の巣を突っついた秀吉は、自分だけでは収拾できなくなり、援軍を求められた信長は嫡男信忠に大軍を預けて出陣させた。

だが、信長の命令は上月城の尼子勝久を見捨て、三木城攻撃に集中しろというものだった。

なんでも派手なことの好きな秀吉のためとはいえ、三万も五万もの織田の大軍を播磨に張り付けてはおけない。

そんな戦いが播磨で繰り広げられていた。

重信たち巫女舞一行は山陰道を東に向かっているため、この毛利と織田の大軍同士の戦いに巻き込まれることはなかった。

それでも警戒しながら北の海を見つつ東に歩いた。

石見、出雲、伯耆、因幡は毛利の支配下になっている国々だ。だが、以前は尼子家が支配する国々だった。

四界

京には陰陽道における穢れを入れないため、また、京の穢れを放逐するため、四堺というものを置いて四堺祭を行っていた。

山陰道は丹波と山城の境大枝に置かれた。

山陽道は摂津と山城の境山崎、東海、東山道は近江と山城の境逢坂、北陸道は近江と山城の境和邇《わに》に置かれている。

京の盗賊、犯罪者、鬼、妖怪などの悪者は、全てこの四堺の外に出す決まりになっている。大枝には酒呑童子、逢坂には蟬丸が住んでいた。

大枝の老ノ坂《おいのさか》の手前まで来て京から追い出された連中に道を塞がれた。

信長が上洛してから京の治安は安定して、盗賊や悪党たちが住めなくなっている。軍律が厳しく兵の略奪や乱暴も全くない。京に住めなくなった連中が四堺の外に巣を作っている。追われれば山に逃げるため捕まることがない。

旅人にも村人にも迷惑な連中である。そんな悪党が出てきた。

「女連れだな。酒代を置いていけや！」

「巫女舞だな？」

道に二、三人が出て来て銭をねだるのが手口だ。話がこじれると何人も出て来て強盗に変わる。

「出雲の巫女舞だ」

「出雲か……」

「銭などない。京に行ってこれから勧進する。通してもらいたい」

三右衛門が前に出た。

「そうはいかないよ。そうですかでは商売にならない。神さまの使いなら手荒なことはしたくない。助けると思って銭をおいていけ……」

下手に出て銭を盗ろうという巧妙な連中だ。

「連れているのは子どもたちだ。本当に銭はない。通してくれ……」

「京に入る関所だと思って、子どもの分はいらねえ、大人の分だ。銀一枚でいい」

「そんな大金はない」

「……」

「その半分ならどうだ？」

「ない……」

「兄い、この山伏は端っから銭を出す気がねえぜ！」

「そのようだな……」

「娘たちを売り払えば銀の十枚や二十枚にはなるぜ、やっちまえッ！」

話の雲行きが怪しくなってきた。後ろで三右衛門と悪党のやり取りを聞いていた重信が前に出て行った。

「親分ッ！」

呼ばれて太った質の悪そうな男がのそっと藪から現れた。それに続いて七、八人が出てきた。

藪の奥にはまだ何人か残っていそうだ。野盗なのか落武者なのか浪人なのか分からない連中だ。

中には丸腰で槍だけの百姓のような男もいる。みな寒そうでどこでひと冬を越すのか、これから春まで相当悪さをしそうな男たちだ。

重信は笠をとると傍の阿国に渡して二歩三歩と前に出た。

「三右衛門殿、ここはそれがしに任せて、二、三間後ろに下がってください」

「承知しました。みな……」

三右衛門が一行を後ろに下げた。重信が太った親分をにらんでいる。

「おのれッ！」

「死にたいか？」

「うるさいッ！」

親分が太刀を抜いた瞬間、先の先、重信の乱取備前がスルスルと鞘走って親分の太い胴に吸い込まれた。

「ンゲッ！」

太刀を振り上げようとしたまま、道端にドタッと朽木のように倒れた。血振りをした太刀が鞘に戻っている。

「この野郎ッ！」

旅人から何がしかを奪わなければ生きていけない奴らだ。

重信に左右から二人が襲いかかった。

所詮、盗賊剣法では重信を倒すことはできない。二人がたとえ三十人でもだ。

再び重信の乱取備前が鞘走った。右の敵を逆袈裟に斬り上げると刃を返して左の敵の太股を斬った。

二人が同時にひっくり返って藪に飛んで行った。太刀は既に鞘に戻っている。

「この野郎ッ、みんな出て来いッ！」

藪に残っていた五、六人が飛び出してきた。

「見たことのない剣を使う野郎だッ、気をつけろッ！」

刀と槍が重信を囲んだ。

怖さ半分のへっぴり腰で「ウリャーッ！」と刀を振り下ろす。

正面から太刀が襲いかかると、乱取備前が三度鞘走って敵の胴を払い、突いてきた槍の千段巻きを押さえた。

体を寄せて肩の骨を砕く、後ろから襲う太刀を跳ね上げて袈裟に斬り下げ、敵を盾にして回り込むと左右の二人を斬った。

秘剣万事抜だ。

あっという間に七人を倒した。

あまりに凄まじい戦いに、阿国は笠を持つ手がブルブル震え小便を漏らしている。

敵も怯んで逃げ腰になった。

「おのれッ！」

「神夢想流だッ、覚えておけ！」

「みんなッ、先に行けッ！」

三右衛門が一行を先に行かせ重信と二人で残った。

「まだやるか、ここは京に近い。旅人が多いところだ、容赦しないぞ！」

「くそッ！」

「それがしは京の鷹ヶ峰、大野将監道場の林崎甚助という。どこでも、いつでも相手になる！」

一瞬に七人も倒されては戦いにならない。

「覚えてやがれッ！」

捨て台詞を吐いて一目散に逃げ出した。

重信は懐から布きれを出して太刀を拭き、刃毀れを確かめて鞘に戻した。これまで一度も刃毀れしたことのないよい刀だ。

「この者たちは？」

「みな浅手だ。刀傷だから相当に痛い。神罰だ。この親分だけは死んでいる」

「なるほど……」

三右衛門が懐から銭を出して親分の背中に乗せた。

「親分、本当に銭の持ち合わせがないのだ。これも、出雲の縁結びのお陰だと思って、成仏しておくんなさい」

三右衛門が合掌する。

「まいりましょう」

斬られてうめいている連中を放り出して二人は歩き出した。三町ほど先で一行が待っていた。

あまりの怖さに小便を漏らした娘が何人もいて着替えをしている。

阿国が黙って重信に笠を渡した。

もうすっかり重信を尊敬している目だ。こんなに強い人がこの世にいるんだという信じられない顔で見ている。

その人に剣を習った。

重信は阿国の憧れの剣士になった。

京の近くまで来て足が止まり、一行は京に入るのをあきらめて、京に近い神社に泊まることになった。

重信はその巫女舞一行と別れて京に急いだ。

丹波口から京に入った重信は七条大路を東に歩き、東洞院《ひがしのとういん》大路を北に歩いて宜秋門の勧修寺家に入った。

夕刻で紹可入道はいつものように少し酔っていて上機嫌だ。

「おう、戻ったか、そこに座れ……」

持っている盃を重信に渡し酌をした。

「甚助、そなたは卜伝の弟子だったな？」

「はい、十数年前になりますが……」

「その卜伝の弟子で斎藤金平《さいとうきんぺい》という男を知っているか？」

「確か名を忠秀《ただひで》といい歳は十七、八歳ごろだったと覚えております。今は三十歳ぐらいになるかと、力強く筋の良い剣士にございました」

「その金平だが強いという評判でな。誰かは知らぬが天子さまに推挙した者がおったそうで、参内を命じられ紫宸殿において天覧の栄に浴したそうだ。わしは見に行かなかったが判官の叙任《じょにん》を受けたそうだぞ」

「そうですか。斎藤忠秀殿に間違いないかと思います」

「そなたも天覧に供するか？」

先を越されたと思ったのか紹可入道が重信をにらんだ。

「内府さま、それがしの剣法はまだまだ天子さまにご披露申し上げられるものに非ず。有り難いお話にございますがご遠慮を……」

「そうか。甚助は欲がない。そこが本物だ。立身出世を望む剣客は信用できぬわい」

「気をつけまする」

「甚助、剣は強ければいいというものではないぞ。今は強くなければ斬り殺されるが、やがて乱世が終わった時に剣はどうなるか、それでも強い剣が好まれればそれは人斬り包丁だな。そんなものは剣ではないわ」

「仰せの通りにございます」

「剣は心だ。己の心を映すのが剣だ」

「はッ、肝に銘じまする」

重信が挨拶を済ませると勧修寺家を出て鷹ケ峰の道場に戻った。

そこに紹可入道が言った斎藤金平がいた。産まれた常陸真壁の井手村の名から、井手判官の名を朝廷から賜り、まだ若いのに井手判官入道伝鬼坊《でんきぼう》と名を変えていた。

「おう、斎藤殿ッ！」

「林崎さま、お留守と聞き上がり込んでおります」

「それは結構、ただいま九州から戻ってまいりました」

重信は遠来の知己を歓迎した。

将監に帰った挨拶をしてから、重信は伝鬼坊と鹿島のことを話し合った。二人の師である鹿島新当流の塚原卜伝が亡くなって七年になる。

「師岡《もろおか》さまはお元気ですか？」

「病を得て常陸江戸崎村で療養しておられると聞いております」

「そうですか、病を？」

師岡一羽は重信と同じ美濃の土岐一族で、重信より十歳近く年上の兄弟子、優秀な弟子を多く育てていた。

「真壁《まかべ》さまは相変わらず？」

「真壁は相変わらずの馬鹿力だわ」

腕力に自信のある伝鬼坊がニヤリと笑った。真壁城の城主真壁氏幹《うじもと》は伝鬼坊と同じ歳で腕を競った間柄だ。

真壁は六尺を超える大男で大力無双と言われている。六尺を超える長さの六角の鉄棒を振り回して、馬もろとも叩き伏せる戦いに、戦場では真壁を見ると敵が逃げると言われていた。鬼も恐れる猛将真壁だ。

「力任せで？」

「相変わらず、真壁とやると木刀が折れるかと思う。腕力で押してくる剣法だ」

若い頃の伝鬼坊はその腕力に圧し掛かられて何度も負けた。負けたというより押し潰された。

二人は夜更けまで話した。

伝鬼坊

翌朝、重信と伝鬼坊は道場で対峙した。

誰もいない静かな道場の空気が、二人の剣豪の木刀が発する緊張で、一気にピリッと凍った。

伝鬼坊は重信の神夢想流の怖さを知っている。危険を分かっていながら一瞬の隙に吸い込まれる。

それは隙ではなく小さな誘いなのだ。瞬間、斬られている。

鹿島の卜伝道場で伝鬼坊は重信に一度も勝っていない。

重信の剣気は静かだ。

獲物の動きを見極めて瞬間に襲いかかってくる。見れば先の先、襲えば後の先、それが神夢想流だ。

伝鬼坊が重信の攻撃を止められるかだ。一撃目を受け止められれば勝てる可能性が出てくる。

天覧に供した剣は鋭い。

伝鬼坊の太刀が上段に動くが踏み込まない。以前に見た重信の剣と違う。剣の先に鹿島の炎が燃えている。そんな剣気だ。

剣の格というか位というか凄みが全く違っている。剣先に触れることすら恐怖に思う。斬られる。

剣には品格と位がある。重信の位に吸い込まれた。

自ら斬られに踏み込んでしまう。不思議な気分だ。

後の先をとった重信の木刀は、伝鬼坊の左胴から右脇の下へスッと逆袈裟に斬り上げている。ゾクッとする風を感じた。

神伝居合抜刀表一本石貫、伝鬼坊がツツッと前につんのめったが踏み止まった。

何んで吸い込まれたのか伝鬼坊に分からない。神夢想流居合の不思議なところなのだ。斬られると思うがそこへ迷ったように踏み込んでしまう。

「まいった！」

「では、やりましょうか？」

「お願いいたします」

重信は伝鬼坊に神伝居合抜刀表二十二本を伝授する。

その伝鬼坊は二年後、鶴岡八幡宮で参籠し、そこで修験者に出会う。

伝鬼坊と修験者は剣法について話し合い、その場で立ち合いまでして技を吟味した。

翌朝、夜が明けて、伝鬼坊が修験者に剣法の名を聞いた。すると黙って太陽を指さして修験者は立ち去った。

伝鬼坊はそれを秘剣とし天流と名付け常陸真壁に帰る。

その伝鬼坊は風変りな男で、羽毛で織った衣服を好んで着るなど、猟師のような天狗のような格好で旅をした。

真壁に帰ると門人も増え名声も上がった。

そんな時、神道流の使い手で、霞流を開いた桜井霞之助という剣客の挑戦を受ける。

剣客の名を上げるということは、より多くの挑戦を受けるということだ。伝鬼坊は真剣勝負の立ち合いを承知した。

二人の力量はほぼ互角で凄まじい死闘になった。

天流と霞流の壮絶な戦いは四半刻も続き、傷つきながらも霞之助は戦い続け惨死した。剣客の悲惨な死はその門人たちを怒らせる。

勝った伝鬼坊は恨みを残してしまった。

剣客の勝負は時としてこういうことが起きる。

伝鬼坊に卑怯な振る舞いはなかったが、双方に多くの門人がいるため、自分の師の敗北を認めたくない者が必ずでる。

ことに凄惨な死の場合は、門人が正気でいられないことが起きるのだ。

伝鬼坊は霞流の門人たちに狙われた。

こうなると剣客同士の尋常な真剣勝負が仇になる。

師を殺した相手を生かしておけない。ありがちな単純すぎる恨みで、挑戦された伝鬼坊には迷惑千万な話だ。

その伝鬼坊が旅に出ようと門人一人を連れて、真壁井手村の道場を出たところを狙われた。

一里も行かずに霞流の門人四十余人に待ち伏せされ包囲される。

「逃げろッ！」

伝鬼坊は門人を逃がそうとした。

「お師匠さま、それがしも戦いまする！」

「駄目だッ、いいから逃げろッ！」

「味方を呼んできますッ！」

門人が逃げて行くのを見届けてから、傍の不動堂に入って荷を置き、笠をとると新しい草鞋に履き替え、下げ緒で襷をかけて戦う支度をした。

両刀を腰に鎌槍を握った。

伝鬼坊の鎌槍は十文字ではなく片鎌槍だった。

十文字槍より軽く扱いやすい。

羽目板の隙間から外を見ると、林の中にいる十人ばかりの敵は弓を持っている。不動堂を囲んでいるのは太刀と槍だ。

「弓か……」

敵は確実に仕留めるという構えだ。

松明を持っている者までいる。敵は不動堂に火を放って炙り出すつもりなのだ。まだ昼前で夜まではとても無理だ。

伝鬼坊は飛び出して何人倒せるかだが、十人や十五人なら倒す自信はあるが、厄介なのは飛び道具の弓だ。

不動堂の扉を開くと七、八本の矢が同時に飛んできた。矢が扉に突き刺さるのを見て伝鬼坊は外に飛び出した。

飛んできた矢を鎌槍で弾き飛ばす。

槍を振り回して敵中へ飛び込んで一人を突き刺し、一人の首を鎌で掻っ切って逃げる敵の足を鎌で引っ掛けた。

乱戦になると矢が飛んでこない。味方に当たるからだ。だが、林の中から狙われていることに変わりない。

伝鬼坊は的が絞れないようにせわしなく動いた。

右で突き刺すと左に走って敵の腕でも腹でも首でも胸でも足でも引っ掻き斬る。倒さなければ倒される壮絶な戦いで、六、七人を倒したところで一息ついた。

そこに矢が飛んできた。

腰に刺さった矢が伝鬼坊の動きを止めた。

動けなくなると次々と矢が飛んできて、体中に矢が刺さっても伝鬼坊は鎌槍を杖に倒れない。槍で四方から突かれた。

井手判官入道伝鬼坊の最後の戦いになった。

「ウオーッ！」と雄叫びを上げると、鎌槍で敵を薙ぎ払いドサッと横倒しに倒れた。

享年三十八だった。

伝鬼坊のように志半ばで、無念にも散ってしまう剣客は数知れない。

その伝鬼坊が将監道場で一ヶ月ほど稽古をして、どこへ行くとも言わずに、正月がすぐだというのに姿を消すように立ち去った。

重信は年が明けたら常陸に行きたいと思った。

正月には三十八歳になる。

重信の名も廻国修行の甲斐もあって、畿内を中心に知れ渡るようになった。

その証拠が伝鬼坊の訪問だと重信は理解した。重信は廻国修行中で所在は誰にも分からないはずだ。

伝鬼坊が去って数日で年が明けた。

将監道場も門弟が増えて手狭になっている。そんな中でも、大野将監は春になったら廻国修行に出たいという重信の申し出を許した。

重信を最も理解しているのが将監なのだ。

将監は不思議な人で、出自も年齢も何も分からない。

五十代にも六十代にも見えるところから、門人の一部では鞍馬の小天狗ではないかとささやかれている。

将監は自分のことをほとんど喋らない人だった。

「卜伝翁が亡くなって七、八年になるな？」

「はい……」

「早いものだ。戻るのはいつ頃になるか？」

「来年には戻りたいと思います。遅くなりましても再来年には間違いなく戻ってまいります」

「分かった。急がずともよい、気をつけて行ってまいれ！」

息子のような重信を将監は理解している。

廻国修行に歩く旅が神夢想流のためであると分かっている。将監鞍馬流の二代目と決めた時から、重信を自由にさせようと決めたのだ。

「もし、不在の時に出雲の巫女舞一行が訪ねてまいりました時はよしなに……」

「承知した」

重信は三月を待たずに旅立った。

勧修寺紹可入道に挨拶してそのまま京から奈良に向かって歩いた。

二月に入ると南から大急ぎの春がやってくる。

息を潜めていた木々がザワザワと蠢いて、間もなく騒々しいほどの息吹が山々に充満する。

そんな気持ち良さを感じながら、重信はフッと出羽に戻ってみようかと思った。

重信が出羽楯岡を出て十七年になる。

神との約束とはいえ長い旅だった。だが、その旅はまだ終わっていない。

天正七年（一五七九）正月で重信は三十八歳になったばかり、長い修行の旅はまだ半ばだとも言える。

斑鳩法隆寺の傍の百姓家に重信がひょっこり現れた。

「あッ、お武家さまッ！」

炉端にいたお咲が上がり框に出てきた。

「座って、草鞋を脱がせてあげる」

土間に下りるとお咲が重信の足元にうずくまった。そこに老婆とお咲の母親が顔を出した。

「おう、お帰りで……」

「よくお出で下さいました」

二人がうれしそうに重信を迎える。老婆は少し腰が曲がってきたようだ。

「悪さをする者はまだおりますか？」

「いや、もう一人もいなくなった。どこかの寺に潜り込んでいるのだろうよ」

「そうか。いなくなったか……」

重信も老婆の言うように、別の寺に移って悪さをしているのだろうと思う。弱い者であれば誰からでも略奪する質の悪い連中なのだ。

炉端に座ると老婆が椀に白湯を注いで重信に出した。ここの炉端に座ると気持ちが落ち着いた。

「頂戴します」

「戻って来たのか、それとも出かけるのか?」

「暮れに九州から戻って、これから常陸に行こうと出てきたところだ」

「そうか。常陸か、また遠いところだな?」

「鹿島の師匠が亡くなって八年が過ぎた。訪ねてみたいと思ってな」

お咲が重信の傍に来て座っている。

強く頼りになる重信を大好きなのだ。元気のいい娘で、抱いてほしいと重信に願ったこともある。

三人の無事を確かめて重信は百姓家を出た。泊まるなら抱いてもらおうと考えていたお咲は、当てが外れて怒った顔で重信についてくる。

「どこまで送ってくれるのだ?」

「どこまでも……」

重信が立ち止まった。

「抱いてほしい……」

「お咲、お前は五助と一緒になって幸せになれ……」

「あんなの嫌だ！」

「お咲、そなたは婆と母のことも考えなければ駄目だ。分かるな？」

「うん……」

「それなら、黙って五助と一緒になれ、そして子を育てるのだ」

「嫌だッ、お武家さまがいい……」

怒っている顔が泣きそうになった。

「泣くな！」

「うん……」

「そう、駄々をこねると、気安くここに立ち寄れなくなる」

「うん……」

「いいかお咲、わしは一生旅をするのだ。そなたとも何度会えるか分からないのだ。分かるな？」

「それでもいい……」

「お咲ッ、斬るぞッ！」

「うん……」

ニッとお咲が笑った。途端に。

「ウワーッ！」

いきなり大声で泣き出した。道端に立ったまま泣かれては困る。重信が怒って歩き出すと大声で泣きながらついてくる。

疋田景兼

翌朝、重信はまだ暗いうちに百姓家を出た。

「送らないのか？」

老婆が聞いた。

「うん、もう、送らない。いつまでも待っているから……」

「そうか……」

重信は笠をかぶると道端に出て一度だけお咲を振り返って歩き出した。その後一ヶ月もしないでお咲は五助と一緒になることを承知した。

お咲はすっかり憑き物が落ちて正気に戻った。賢い娘なのだ。老婆も母親もどうなっているのだと驚いて沈黙するしかない。

その頃、重信は宝蔵院にいた。

院主の胤栄は五十九歳になりあまり槍を握らなくなっていた。

宝蔵院の稽古は猛稽古で知られている。

荒法師の阿修羅坊が道場の師範代で、宝蔵院を訪ねてくる武芸者は阿修羅坊の一撃で倒される。

稽古を見てすごすごと帰ってしまう武芸者が多い。

そんな宝蔵院に疋田景兼が現れた。

上泉伊勢守の甥で、この宝蔵院で柳生宗厳と三度立ち合い、三度とも勝った新陰流の四天王だ。丸目蔵人佐の兄弟子になる。

疋田景兼は四十三歳になるがその腕は冴えわたっていた。

高名な景兼が一人旅など、狙われて危険なのだが気にしていない。挑戦したい者は誰でもかかって来いと思っている。

景兼に敗れた柳生宗厳はその場で上泉伊勢守の弟子になり、やがて、伊勢守から一国一人の免許を授けられた。

胤栄と景兼は入魂の仲だ。

「疋田殿は神夢想流の林崎甚助という剣客を知っておられるか？」

「会ったことはないが、丸目蔵人佐から聞いております。確か、居合という珍しい剣法を使うとか？」

「さよう、それが誠に強い。以前、阿修羅坊が一撃で倒された」

「ほう、阿修羅が一撃で？」

「廻国修行中で、京の大野将監殿のところにいるのだが、鹿島に行くと言ってここに立ち寄ったのだ。会ってみるか？」

「その珍しい剣法を見てみたいものだ」

「立ち合ってみますか？」

「いや、どんな剣法か見るだけで……」

胤栄は疋田景兼が丸目蔵人佐から、警戒するように言われていると感じ取った。立ち合いを勧められて躊躇するような景兼ではないのだ。

万一にも景兼が重信に負けるようなことにでもなれば、景兼だけでなく伊勢守やその門人、何よりも天下無敵の新陰流に傷がつくことになる。

胤栄はそれを感じた。

「では、阿修羅坊と……」

重信が胤栄の部屋に呼ばれ、疋田景兼を紹介された。当然、重信は当代一の剣客として景兼の名を知っている。

「甚助殿、こちらは疋田景兼殿だ」

重信を見る景兼の眼光が鋭い。微塵の隙もない佇まいだ。

「林崎甚助にございます」

景兼に頭を下げる。

「うむ、疋田景兼じゃ……」

「甚助殿、疋田殿は神夢想流を見たいと仰せだ。どうか？」

「承知いたしました」

「では、阿修羅坊と立ち合ってくれるか？」

「畏まりました」

重信は疋田景兼と立ち合うのかと思ったが当てが外れた。景兼のことは丸目蔵人佐からも聞いて一度会いたいと思っていた。

近頃では珍しく胤栄が道場に顔を見せた。すると道場の稽古が一気に緊張する。胤栄に疋田景兼が続き重信が続いた。

阿修羅坊が胤栄に呼ばれ重信との立ち合いを命じられる。

景兼が見ているので阿修羅坊は何のための立ち合いかを理解した。稽古を止めて阿修羅坊が、丸太のような稽古槍を握って道場の中央に出た。

木刀を持った重信も道場の中央に歩いて行った。

「では！」

「おうーッ！」

ドーンッと石突で床を突くと、太い槍を頭上に上げて、ブン、ブーンと勢いよく振り回す。

何度も稽古をして手の内を知り尽くした二人の立ち合いだ。重信は木刀を中段に置いて動かない。

槍の間合いで阿修羅坊に有利だ。いつもこうなのだがここから阿修羅坊がおかしくなる。いつも重信の剣に吸い込まれる。

二回、三回と回転した槍が頭上で止まると同時に重信を襲った。

振り下ろされる大槍の下で重信が砕ける。

これまで勝ったことのない阿修羅坊が先制攻撃に出た。

その瞬間、後の先で重信が動いた。

踏み込んだ重信の肩に槍が当たったかに見えたが、一瞬、重信の木刀が阿修羅坊の胴を貫き斬っていた。

神伝居合抜刀表一本水月、左胴から横一文字に阿修羅坊を真っ二つにした。

「まいった！」

ガクッと膝をついて阿修羅坊が崩れる。

「もう一本だッ！」

胤栄が満足しなかったのか叫んだ。

キッと怒ったように阿修羅坊が胤栄をにらんだ。胤栄にも逆らうことのある荒法師の僧兵だ。

不穏な空気が道場内に広がり一瞬で凍った。

「お願い申すッ！」

胤栄が怒る前に重信が阿修羅坊に願った。

「おうッ、承知ッ！」

ノソッと大男が立ち上がって息を整えている。

重信は二歩、三歩と下がって、二間の間合いを取り、阿修羅坊が構えるのを待っている。

胤栄は気に入らなかったのではない。大いに気に入ったのだが、景兼にもう一本見せようとしたのだ。

重信にはそれが分かった。

「よーしッ！」

ドーンッと石突を突くと同時に阿修羅坊の大槍が重信を突いてきた。

タタタッと細かく踏み込んで「ターッ！」と突き切った。

木刀でグイッとその槍首を押さえて、重信が大男の阿修羅坊に体当たりをくらわした。

不意を突かれ一歩、二歩と下がったところを押し込んで、押し返してくると、引いた瞬間に重信の木刀が阿修羅坊の左足を切り落としていた。

神伝居合抜刀表一本千鳥《ちどり》、阿修羅坊が仰のけにひっくり返った。

大槍がガラガラと床に転がった。

「まいったッ！」

二本とも一瞬で決まった。

水月は相手の胴を貫く大技、千鳥は素早い動きの小技で、重信は疋田景兼に両方を見せた。

景兼は立っていって重信と立ち合おうかと考えたが、百人もいる道場で万一にも、負けるようなことがあれば諸国の武芸者にパッと噂が広がる。

景兼は拳を握ってはやる気持ちを抑え込んだ。

剣客は新しい技には興味を持つ、それは景兼も一緒だった。

「どうですかな？」

胤栄が聞いても景兼は重信をにらんだまま返事をしない。大いに満足した胤栄がニヤリと笑って、重信を手招きして傍に呼んだ。

「甚助殿、疋田殿は神夢想流を気に入ったようだわ……」

「恐れ入りまする」

重信は少しも息を乱していない。重信をにらんでいた笑わない景兼がニッと小さく笑った。

「おもしろい、実に良い剣だ。剣に位がある」

「ほう、そこまで褒めますか？」

「院主、柳生に行く前に十日ばかり世話になる。いいか？」

「十日が一年でも逗留くだされ……」

「かたじけない。林崎殿、よしなに……」

「はッ、こちらこそ、お教えいただきたくお願い申し上げまする」

疋田景兼が丸目蔵人佐から聞いた神夢想流と林崎甚助を、不思議な剣法の凄腕と認めたのである。

景兼は立ち合えば負けるかも知れないと思った。

翌日から景兼と重信の火のような猛稽古が始まった。だが、四十三の景兼は四半刻もすると息が乱れてくる。

そんな日が何日も続いた。重信は神夢想流を伝授し、景兼から伊勢守の新陰流が伝授された。

景兼は豊五郎《ぶんごろう》という名で豊五郎流、疋田陰流、新陰疋田流などと、槍術や薙刀術も一緒に継承されて行くことになる。

やがて、疋田景兼は豊臣秀次の剣術師範を務めたのち、関ヶ原後には九州豊前中津細川家や肥前唐津寺沢《てらさわ》家に仕え、疋田流は西国から九州に広がることになる。

「鹿島に行くなら、途中だ。柳生に寄って行かないか？」

景兼は重信を柳生の荘に誘った。

「お供させていただきます」

重信は景兼と一緒に宝蔵院を発つことにした。

天下一の剣客疋田景兼と奈良から柳生まで、わずか四里半余りでも一緒に旅ができるとはうれしい。

数日後、二人は宝蔵院胤栄に見送られて旅立った。

この時、景兼は信長の嫡男信忠の剣術師範を務めている。

卜伝の高弟として信長の三男信孝の剣術師範もしている、雲林院弥四郎《うじいやしろう》こと出羽守とも交流があった。

柳生の荘までは半日の道のりだ。

「そなた、仕官をする気がないそうだな？」

「はい、諸国に神夢想流を広めるという神との約束がございます。それに出羽楯岡城の因幡守さまの家臣であると思っております」

「そうか。ところで出羽谷地城主の白鳥長久《しらとりながひさ》を知っているか？」

「存じ上げております。楯岡城とは最上川を挟んで対岸になります」

「その白鳥長久が世にも珍しい黄金の馬を、信長さまに献上して出羽守に就任したいと願ったそうだ」

「黄金の馬？」

「滅多に生まれない馬で、白雲雀という名で献上されたが、信長さまは大いに気に入られて小雲雀《こひばり》と名を変え、安土城で育てておられると聞いた」

「小雲雀にございますか？」

「うむ、名馬中の名馬で、それがしが剣術指南をしておる中将信忠さまが欲しがっておられるのだ」

景兼は信忠から小雲雀を信長から譲り受ける方法はないかと相談された。

信長は気に入りの名馬を易々と手放さない。信長は子どもの頃から無類の馬好きで知られている。

安土城では愛馬大黒、名馬小雲雀など多くの馬が飼われていた。

二年後の天正九年二月二十八日の天覧に供した京の馬揃えに、小雲雀は四、五頭の名馬と一緒に披露される。

その後、欲しがった中将信忠ではなく、信長気に入りの蒲生氏郷《がもううじさと》が、小雲雀を拝領することになる。

その小雲雀は信長の死後、秀吉によって蒲生氏郷が会津に移封されると会津まで戻ってくるが、白布を越えて出羽に戻ることはなかった。

「出羽に戻るのであればそれも良いが、名のある武将に仕えることを考えてみてはどうか？」

「お気遣いいただき有り難く存じます。今のところ、廻国修行をしながらより多くを学びたいと考えております」

「そうか。剣士には廻国修行は大切だ。気が向いたら訪ねてまいれ……」

景兼は人柄も良く力量に申し分のない重信なら、どこの大名家にも推挙できると考えていた。信長にもと思う。

そこそこ力はあっても、人柄に問題のある剣客を大名家は最も嫌う。家中で問題が起きると困るからだ。

ことに厄介者でも剣客となれば、取り除くのも難しい存在になるからだ。

地蔵の辻の決闘

天正七年（一五七九）五月十一日に信長自慢の安土城天主が完成する。琵琶湖の東、安土山に巨大な城が姿を現した。この城こそ信長が天下統一を宣言する城であり、信長が神になるための聖堂だった。

重信は剣豪疋田景兼の供をして柳生街道を歩いていた。

奈良を出るとすぐ鬱蒼たる原生林の中に柳生街道は伸びている。まさに巨木の森がどこまでも広がっていた。

能登川沿いに街道はあるが人と荷駄の通る狭い道だ。

柳生街道には多くの磨崖仏、石仏、石窟仏があり、地蔵尊が道端に立っている。石切峠を越えないと柳生には出られない。

この後、柳生新陰流が徳川家康に認められ徳川家の剣術師範になると、この柳生街道に柳生新陰流を学ぼうと剣客が殺到することになる。

剣客の聖地へと繁栄する。

そこには柳生家の緻密な戦略があった。

それは柳生石舟斎が三度戦って、三度とも敗れた疋田景兼を徹底的に誹謗中傷することだった。

石舟斎は大人物で疋田景兼とは交流をした。

徳川家の剣術師範になった息子の柳生宗矩が、柳生家の名誉を守ろうと疋田を否定する戦略に出るのだ。

疋田の剣は品がないとか、織田中将信忠や豊臣秀次の剣術師範だったことを、徹底して批判し貶めることになる。

それはつまり、疋田景兼に柳生新陰流の開祖が、全く歯が立たなかったということは、屈辱でしかないと宗矩は考えたからであった。宗矩は石舟斎より人物が小さい。というよりも政治家で剣客ではなかった。

幕府を開いた徳川家の剣術師範として宗矩は少々狭量である。

二人が柳生街道の滝坂の道を上って行くと三叉路の広場に出た。

巨木の根方に六尺を超える地蔵が立っている。

後の世に首切り地蔵と呼ばれる石仏だ。

「待っていたぞ、豊五郎！」

地蔵の辻に陣羽織に笠をかぶった男が立っていた。豊五郎とは疋田景兼のことだ。

景兼は晩年には栖雲斎《せいうんさい》虎伯《こはく》と名乗る。

ゆっくり笠をとった男に重信は見覚えがない。酷く汚れた男だと思った。痩せて凄まじい形相をしている。

「下がっていてくだされ……」

景兼が重信を後ろに下げて二歩、三歩と前に出ると笠をとった。男の歳は景兼と同じか少し若いくらいだ。

重信は二人を見ている。

「どうしてもやるか？」

「やる！」

男が襤褸切れのような陣羽織を脱ぎ捨てると、既に襷をして戦いの支度をしている。

景兼が下げ緒を抜いて素早く襷をした。

「もう一度聞く、無駄死にだぞ」

「うるさいッ！」

男がいきなり太刀を抜いた。

景兼が鯉口を切ってゆっくり太刀を抜くと中段に構えた。二人の間合いは二間、真剣の先に殺気が絡みついている。

天下一の剣客疋田景兼に戦いを挑むとは尋常ではない。

二人は知り合いで何か因縁がありそうだ。重信は戦いの邪魔にならぬよう五、六間ほど離れた。

痩せ浪人ではなく襤褸浪人だ。「ウオーッ！」と叫ぶ。

男の剣が上段に上がった。

景兼は中段のまま動かない。男も相当な腕のようだが景兼の方が数段上だと重信には分かる。

踏み込んできた男の太刀を景兼の太刀が擦り上げた。

瞬間、男が右に回って間合いを取る。

それを景兼が追わない。何かを考えているような迷っているような、剣豪らしくない躊躇だと重信は見た。

男を斬りたくないのだと思った。だが、斬らなければ景兼が斬られる。敵は相討ちを狙ってくるかも知れない。

襤褸浪人だが斬り込む切っ先は鋭い。相当強い。

また、男が鋭く踏み込んだ。

二人は二度三度と太刀を交えた。

その時、重信は男が斬られたいのではないかと気づいた。それを景兼が嫌がっているように見えた。斬られたい剣士と斬りたくない剣士の妙な戦いだ。

何んとも不思議な決闘だ。

重信がそう思った瞬間だ。男が上段から踏み込んだ。

何んとも悲しい斬られたい攻撃だった。重信は凝視した。

景兼の太刀が踏み込んできた太刀を弾いた。その瞬間、景兼の太刀が男の胴を深々と斬り裂いている。一閃だ。

「ゲッ！」

男が前のめりに土を食うように突っ伏した。

「彦之丞《ひこのじょう》ッ！」

景兼が抱き起こした時には男は既にこと切れていた。見事な一撃で相手の息の根を止めた。

「彦之丞ッ、許せッ！」

剣豪景兼が泣いている。

重信は近づくのをためらってしばらく呆然と見ていた。天下一の剣豪と思えない人間臭さだ。

太刀を鞘にさえ戻していない。

どんな因縁なのか重信には想像もできない。

見てはいけないものを見たように重信は立ち尽くした。しばらくすると景兼が太刀の血を懐紙で拭い鞘に戻した。

「林崎殿、この男を埋めてやりたい。手伝ってもらえぬか？」

「はい、承知いたしました」

二人がかりで道端から一間ほど入った藪の中に男を埋めた。

「斬られに来たのだ。三度目だ……」

景兼が男について言ったのはこの一言だけだった。

「そのように感じましてございます」

「うむ……」

二人は墓碑銘もない拳ほどの石に合掌して立ち去った。

景兼は沈黙したまま険しい顔で石切峠に上って行った。重信も何も言わず黙々と歩いた。

景兼が斬った男は向田《むかだ》彦之丞といい、彦之丞と景兼は共に伊勢守の弟子だった。

その二人が二十を超えた頃、美しい娘お里《さと》を愛した。それが悲劇の始まりだった。

二人の若者が一人の娘を取り合いになった。

彦之丞は優しい男だったが、景兼は剣も強く、お里を強引に自分のものにした。そのお里が彦之丞に書置きを残して自害した。

若き日の景兼の痛恨の蹉跌《さてつ》だ。

以来、景兼は彦之丞に狙われた。

そんな因縁から景兼はどうしても彦之丞を斬れなかった。

その彦之丞は会う度に凄惨な姿に変わっていった。襤褸をまとう彦之丞を見て最早ここまでだと景兼は見切った。

これ以上、生きていくにはあまりにも無惨だと、彦之丞に引導を渡す覚悟を決めた必殺の一刀だった。

景兼は心で泣きながら彦之丞を斬ったのだ。

「お里、許せッ！」

それは若き日の蹉跌を斬り捨てることでもあった。

わが身の半分を景兼は斬り捨てた。彦之丞は景兼にとって若き日のもう一人の自分自身だったのだ。

二人は石切峠を下って柳生の荘に入った。

柳生屋敷に景兼と重信が現れると、石舟斎は不思議な二人の組み合わせに驚きながらも大歓迎だ。

重信は二度目の訪問だが、景兼と石舟斎は長い付き合いが続いていた。

上泉伊勢守が新陰流の後継者に選んだのは、伊勢守の甥である景兼ではなく石舟斎なのだ。

この後、石舟斎が選ぶ後継者は孫の柳生兵庫助利厳《ひょうごのすけとしよし》になる。

兵庫助は柳生一族の中で最も強い剣豪と言われる。

その兵庫助はこの時、生まれたばかりだった。

兵庫助は石舟斎の長男厳勝の次男だ。

厳勝は石舟斎と戦いに出て大怪我をして太刀を使えなくなった。

孫で厳勝の長男久三郎《きゅうさぶろう》より次男兵庫助の方が筋がよく、石舟斎は傍から離さず剣士として育てる。

石舟斎には厳勝ら五人の男子がいて、柳生新陰流には兵庫助を筆頭に、強い剣客が次々と育って行く。

兵庫助は二十四歳で加藤清正《かとうきよまさ》に懇願され仕官するが、その時の石舟斎の条件は「兵庫助はことのほか短慮にて、どのような仕儀に相成ろうとも、三度までは死罪の儀だけはお宥《ゆる》し願いたい」と申し出た。

それほど兵庫助は頑固一徹者だった。

案の定、兵庫助は一年足らずで同僚と悶着の上、斬り捨てるという事件を起こし、五百石を返上し潔く浪人する。

その兵庫助を福島正則《ふくしままさのり》は二千石で召し抱えると申し出るが、兵庫助は加藤清正への恩を理由に辞退する。

そんな兵庫助は島左近《しまさこん》の娘珠《たま》と一緒になり石舟斎に可愛がられた。

三十六歳の時、家康の九男尾張《おわり》大納言義直《よしなお》に仕える。

この時、兵庫助を見たいという家康に呼ばれ、駿府城へ行くが「叔父、宗矩と違い、諸役のご奉公の儀と仕官の儀だけは堅くご免蒙りたいと存じます」と申し出て認められ、五百石で義直の剣術師範となった。

剣客柳生兵庫助は宗矩のように政治に近付くことを嫌い、柳生新陰流の工夫に生涯を捧げ京の妙心寺柳庵で死去する。

重信が柳生の道場に出て行くと十四歳の柳生宗章、九歳の宗矩が稽古中だった。

この後、石舟斎の四男宗章は、客分として滞在していた伯耆米子城で中村一忠《なかむらかずただ》家の内紛に巻き込まれる。

宗章は腰に数本の太刀を差し、全てが折れるまで壮絶に戦い討死する。三十八歳の時だ。

五男宗矩は将軍秀忠、家光の剣術指南役となり、大目付など幕府の要職に就き一万二千五百石の大名となる。剣術家というよりは本多正信《ほんだまさのぶ》のような、江戸幕府を支える謀略家といえる。

二人の少年剣士は柳生新陰流の将来を背負って稽古をしていた。

重信はこの若き二人と五日間稽古をし、景兼と石舟斎に礼を述べて柳生の荘から立ち去った。

その頃、米沢の伊達政宗十三歳は隣国の三春城主田村清顕《たむらきよあき》の娘愛姫《めご》十二歳を正室に迎えていた。

やがて、政宗は北国の独眼竜として成長していくことになる。

重信は柳生の荘から伊賀に出て伊勢を通り東海道に出た。重信のいつ果てるとも知れない廻国修行の旅だ。

伊勢、尾張、三河と重信は東に歩いた。

この頃、三河岡崎城主徳川信康と浜松城の家康との間で重大な問題が起きていた。親子の不仲である。